예지몽으로 히든랭커 35

2023년 10월 19일 초판 1쇄 인쇄
2023년 10월 24일 초판 1쇄 발행

지은이 이현비
발행인 강준규

기획 이기헌 왕소현 임동관 박경무 강민구 조익현
책임편집 백승미
마케팅지원 이원선

발행처 (주)로크미디어
출판등록 2003년 3월 24일
주소 서울시 마포구 마포대로 45 일진빌딩 6층
Tel (02)3273-5135 **Fax** (02)3273-5134
홈페이지 rokmedia.com **E-mail** rokmedia@empas.com

ⓒ 이현비, 2021

값 9,000원

ISBN 979-11-408-0585-3 (35권)
ISBN 979-11-354-9382-9 04810 (세트)

예지몽으로
히든랭커

이현비 게임 판타지 장편소설 ◇35◇

CONTENTS

전후 처리

영혼 흡수를 통해서 중요한 정보를 얻었다.

'빠른 시간 안에 포탈을 부숴야 해!'

포탈을 통해 마계의 마족과 마물 들이 걷잡을 수 없을 정도로 많이 건너오기 전에 부숴야만 했다. 그래도 다행한 것은 포탈이 아직 안정된 상태가 아니며 포탈의 위치들을 알게 되었다는 것이다.

'명예 포인트를 많이 사용하기는 했지만 영혼 흡수 스킬을 익히길 잘했어!'

그렇게 해야 할 일의 순위를 정하다 보니 마르앙 시티를 굳이 시간과 노력을 들여서 본거지로 만들 필요가 없어졌다.

그때 마침 승리를 알리는 안내음이 전해졌고 곧 격렬한 전투를 치른 흔적이 역력한 동맹 세력이 하나둘 본전 쪽으로 모여들었다.

"호호호! 대승이에요, 대승!"

"내심 걱정했는데 우리 쪽에는 대사제나 사도가 없어서 그런지 무척 쉽게 처리할 수 있었습니다!"

아가르타와 무타는 제대로 복수를 했다는 기쁨에 더해서 사망자가 한 명도 발생하지 않아서 더욱 만족했다.

"강한 놈들은 본전 쪽에 몰려 있었는지 저희 쪽도 그리 어렵지 않았습니다!"

승전에 잔뜩 상기된 얼굴을 하고 있는 미로네스 공주와 함께 달려온 데릴이 활짝 웃으며 소리쳤다.

"모두 고생하셨습니다. 상황에 어울리지는 않지만 급히 상의할 일이 있습니다."

가온은 그렇게 말하면서 세 세력의 수장들을 마신전의 근처에 있는 멀쩡한 건물 안으로 이끌었다.

마신의 추종자를 상대로 이렇게 압도적인 승리를 경험하지 못했기에 흥분했던 이들은 가온의 심각한 얼굴에 감정을 가라앉히고 그의 뒤를 따랐다.

이 건물은 기존에 있던 시청의 부속 건물 중 하나인 것 같았는데 회의장처럼 긴 탁자와 여덟 개의 의자가 놓여 있었다.

사람들이 자리에 앉자 미리 의념으로 지시를 받아 건물 안에 들어와 있던 헤벨이 급하게 끓인 엘프차를 내왔다.

후르륵!

과도하게 흥분한 근육과 신경을 가라앉히는 동시에 머리를 맑게 해 주는 찻물을 한 모금씩 마신 후에야 가온이 입을 열었다.

"미로네스 단장님."

"네, 온 단장님."

"마르앙 시티와 다리움 시티 중 선택권이 있다면 어느 곳을 선택하겠습니까?"

"네에?"

"세트 왕국을 다시 일으킬 교두보로 말입니다."

"……무슨 의도로 하신 말씀인지는 모르겠지만 당연히 마르앙 시티가 유리하지요."

"그럼 이번에는 아가르타 단장과 무타 단장에게도 묻겠습니다. 이곳을 근거지로 삼으면 원하는 것을 빠르게 얻을 수 있을 거라고 생각합니까?"

"다, 당연하죠!"

"저 역시 그렇게 생각합니다!"

마르앙 시티는 외성 앞쪽의 넓고 비옥한 들에서 많은 곡물을 얻을 수 있으며 광산들을 통해서 원하는 것 이상의 광물을 얻을 수 있어 세력이 힘을 축적하기에 아주 적합한 곳이었다.

"원래 우리 용병단은 이곳을 본거지로 사람들을 끌어들여서 아예 자리를 잡으려고 했습니다."

사람들은 묵묵히 가온의 말에 집중했다.

"하지만 우리 용병단이 추구하는 것은 거대 세력이나 왕국의 건설이 아닙니다. 그저 우리의 터전이 에너지 이변으로 오염되었기 때문에 더 이상 살 수가 없어 아예 근거지를 옮길 생각이었습니다. 물론 의뢰주를 밝힐 수 없는 중용한 의뢰 때문이기도 하지만요. 그런데 마음이 변했습니다."

"그, 그럼 아니테라 용병단은 이곳을 포기할 수도 있다는 말씀인가요?"

미로네스 공주가 눈을 빛내며 물었다.

"완벽하게 포기한다는 건 아닙니다. 용병단 지부와 함께 지분 정도는 챙겨야 할 것 같습니다."

도시 하나를 지배한다는 것은 외부의 적을 막는 대신 시민들에게 세금을 거둘 수 있다는 것을 의미한다.

더구나 마르앙 시티는 질 좋고 다양한 광물을 대량으로 얻을 수 있는 곳이기에 그 부분에 관련한 수익도 굉장히 높을 것이다.

"그래서 제안하는 것인데 우리 네 세력이 이곳을 공동으로 관리하는 건 어떨까요? 물론 공동이라고는 하지만 중심은 세트 왕국의 유지를 잇고 있는 마인트 용병단이 되어야 할 겁니다."

"우, 우리가 이 도시를 관리하라는 말씀이죠?"

"그렇습니다. 묘인족과 호인족도 거들어야 할 겁니다. 우리는 그냥 지부만 설치할 생각입니다."

"그럼 지분은 얼마나 원하십니까?"

조용히 듣고 있는 데릴이 물었다.

"3할을 원합니다. 대신 우리는 자유롭게 움직이겠습니다."

"마르앙이 위험할 때는 도와주시는 거죠?"

지분에 대한 말이 없으니 그 부분에는 불만이 없는 것 같았다. 아니테라 용병단의 활약을 생각하면 당연한 일이다.

"당연합니다."

"그런 조건이라면 거부할 수가 없네요. 그럼 묘인족과 호인족은 지분을 얼마나 줘야 할까요?"

미로네스 공주는 아가르타와 무타 대신 가온에게 물었다. 이번의 활약 여부와 상관없이 결정권을 가온이 쥐고 있다고 확신했기 때문이다.

"1할씩 정도면 괜찮지 않을까요?"

그렇게 되면 마인트 용병단이 지분의 5할을 가지게 되니 운영하는 데 무리가 없을 것이다.

"좋아요!"

미로네스 공주는 별다른 고민도 하지 않고 가온의 의견을 받아들였고 마인트 용병단의 다른 수뇌들도 이견이 없었다.

그들 입장에서는 크게 힘들이지 않고 식량은 물론 질 좋은 광석이 다양하게 나오는 광산 도시를 손에 넣은 것이니 말이다.

그들은 아니테라 용병단이 손해를 본 거라고 생각하겠지만 가온의 생각은 달랐다.

'규모에 따라 조금 다르겠지만 한 도시를 운영, 관리하는 것이 얼마나 귀찮은데.'

만약 애초 계획대로 아니테라에서 마르앙 시티를 관리하게 된다면 상당한 인원이 이쪽에 투입되어야 할 것이다.

무엇보다 가온은 히든 의뢰를 완수하면 이 세계에서 떠날 사람이다. 전단원들 역시 마찬가지고. 그러니 전혀 욕심을 낼 필요가 없었다.

'게다가 내가 영맥을 챙기고 나면 마나석 광산의 채굴량은 빠르게 줄어들 거야.'

그러니 욕심이 날 리가 없었다.

그렇게 도시 관리의 지분이 결정되자 미로네스 공주는 약속한 신성마법진에 대한 정보를 넘겼는데, 말없이 가온의 곁을 지키고 있었던 아나샤가 빠르게 훑어보더니 그에게 고개를 끄덕였다. 자신의 능력으로 충분히 설치할 수 있다는 의미였다.

수뇌부 회담에서 미래의 그림이 완성된 후 가온은 세 세력의 수장에게 부상자들을 한곳으로 모아 달라고 했다.

"왜 그러시나요?"

"신성 치료를 받게 하려고 그럽니다."

"감사한 말씀이지만 저흰 괜찮아요."

미로네스 공주는 가온의 선의에 감사했지만 사양했다.

마인트 용병단에도 마법사는 물론 사제들도 있어서 전투가 끝난 지금 한창 치료가 진행되고 있었다.

하지만 묘인족과 호인족은 달랐다.

"바로 데리고 오겠습니다!"

무타 대전사장이 바람처럼 달려 나갔고 아가르타가 그 뒤를 따랐다.

얼마 후 부상자들이 모였는데 거의 절반에 달했다. 물론 심각한 내외상을 입은 전사는 일곱 명밖에 되지 않았고 나머지는 경중의 내외상에 불과했다.

"그레이트 힐!"

놀랍게도 아나샤는 그들 모두를 한 번에 치료해 버렸다. 중상자들까지 단번에 치료가 될 정도로 엄청난 치료 효과였다. 그녀는 이번 마르앙 공략에서 많은 신성력 보상을 받았기 때문이다.

"단장님, 기존의 시민들도 치료하고 싶어요."

공석이고 아직 믿기 힘든 사람들 앞이라서 아나샤는 일부러 예의를 지켜 부탁했다.

"알겠습니다."

가온은 단원들로 하여금 시민들 중에서 치료받기를 원하는 이들은 이곳으로 오라는 말을 널리 전하도록 시켰다.

격렬한 전투 중에도 시민들을 푹 잠들게 한 수면 독은 이미 녹스가 해독한 상태였다.

얼마 후 사람들이 모여들기 시작했는데 대부분 정상으로 돌아온 상태였다. 마기의 침투 정도가 낮았던 데다가 마나석 광산에서 방출되는 마나의 양이 이전보다 훨씬 많았기 때문이다.

하지만 그렇다고 완벽하게 정상이 된 것은 아니다. 마기는 극소량만 체내에 남아 있어도 장기적으로는 육체에 부정적인 영향을 미칠 수 있었다.

물론 모여든 사람들은 성녀가 직접 치료를 해 준다고 했기에 새로운 지배자의 출현에 두려움을 느끼면서도 나선 것이다.

아나샤는 그런 사람들을 치료하는 동시에 몸 안에 남아 있는 극소량의 마기마저 정화시켰다.

그렇게 치료를 받은 사람들은 그간 제대로 먹지도 못한 상태에서 노역에 시달리는 바람에 축이 났던 몸에 활력이 느껴지자 신기하면서 돌아가려고 했는데 다른 아니테라 용병단원들이 붙잡았다.

"식량을 받아 가시오!"

사람들을 수면 독으로 재운 녹스가 말하길 사람들의 건강 상태가 극히 불량하다는 얘기를 들은 가온이 미리 준비한 곡물과 채소들을 단원들이 나눠 주었다.

원래 지분을 가진 세력이 재물을 모아서 해야 하는 일이지만 가온은 거기에 신경을 쓰지 않았다. 그만큼 사람들이 불쌍했다.

가족 수에 맞추어 지급했는데 그동안 먹어 온 양으로 따지면 보름치에 해당했기에 사람들은 눈물을 쏟으며 연신 고맙다는 인사를 하고 집으로 달음박질쳤다.

"나중에 식량을 받은 자의 가족이 더 달라고 하면 어쩌시려고요?"

미로네스 공주가 흐뭇하게 그 모습을 지켜보다가 한 가지 문제점을 떠올렸다.

"그냥 주는 것이 아닙니다."

가온은 단원들이 가지고 있는 종이를 받아서 보여 주었는데 거기에는 식량을 받아 간 사람들의 이름은 물론 가족의 이름까지 적혀 있었다.

"마신의 추종자들이 마르앙 시민들을 그냥 관리한 것이 아닙니다. 남아 있는 시민의 인명부가 있더군요. 대조를 해 보면 됩니다."

녹스가 모둔의 얘기를 듣고 찾아서 챙겨 놓았다.

"그럼 식량을 받지 못한 시민들은 어떻게 하시려고요?"

"그야 이제 본격적으로 마르앙을 관리할 마인트 용병단에서 처리를 해야지요. 물론 식량은 우리가 내놓을 겁니다."

"아! 그런 거라면 저희가 충분히 할 수 있어요!"

미로네스 공주와 마인트 용병단 수뇌부는 가온의 말에 희색이 되었다.

시민들의 뇌리에 이 도시의 새로운 주인이 누구인지 가장 빠르게 각인시킬 수 있는 절호의 기회라고 생각했기 때문이다.

"물론 시민들에게 나눠 줄 식량에 대한 대가는 나중에 정산할 때 받을 겁니다."

"으응. 그러셔야지요."

뭔가 날로 먹는 것 같아서 기분이 좋았던 마인트 용병단 수뇌부는 가온의 말에 그러면 그렇지 하는 얼굴이 되었다.

마르앙 시티는 급속도로 안정되었다.

마인트 용병단은 오랫동안 준비해 온 만큼 단원 중 일부를 행정관으로 임명해서 다양한 업무를 처리하도록 했고, 가온이 대형 창고 세 개를 가득 채울 정도의 곡물과 육류 그리고 채소류를 내놓았다.

다른 사람들이 생각하기에는 엄청난 양이지만 빠르게 인구가 늘어났고, 경작지 역시 늘어난 아니테라에서는 잉여 생산물에 불과했다.

시민 중 일부는 예전처럼 광물을 채굴하기 시작했고 제철

소와 제련소도 다시 정상화되어 다양한 금속 주괴를 생산하기 시작했다.

농부들은 외성 일부와 외성 밖의 너른 초지를 갈아엎고 다시 다양한 작물의 씨를 뿌렸으며, 목동들은 자신처럼 마화가 되었다가 정상으로 회복된 가축들을 몰고 목초지로 향했다.

묘인족과 호인족 전사들은 마인트 용병단원들과 함께 마르앙 시티 인근에 자리를 잡은 마수와 몬스터를 사냥하기 시작했는데, 인근의 다른 도시와 통하는 길을 중점적으로 토벌했다.

그렇게 길이 안전해지자 상행이 시작되었고 빠르게 물류의 유통량이 증가했다.

곡물과 육류 그리고 채소 종류가 천정부지로 올라 다른 물품까지 동반 상승했지만, 대신 금속 주괴의 가치 역시 상승했기에 교역을 통한 이득은 전혀 줄지 않았다.

넓은 밭에는 생육 기간이 비교적 짧은 콩과 감자 그리고 메밀을 3분의 2가량 심었고 나머지는 각종 채소를 심었기 때문에 석 달 정도만 지나면 식량 사정도 크게 나아질 예정이라 사람들은 마신 바호벳의 추종자들이 지배하는 동안 끔찍했던 기억을 빠르게 잊고 희망에 찬 나날들을 보내고 있었다.

당연히 마르앙 시티에 대한 이야기는 주위 도시로 빠르게 퍼져 나갔다.

마인트 용병단이 망국인 세트 왕국의 공주를 정점으로 기사단과 왕실 마탑의 마법사 그리고 방랑 사제 들로 구성되었다는 내용과 함께, 묘인족과 호인족 전사들도 마신 바호벳의 추종자들을 처리하는 데 한몫을 거들었다는 내용이었다.

가온은 마신의 추종자들의 관심을 받기 싫어서 될 수 있으면 아니테라 용병단이 거론되지 않도록 부탁을 했다.

거기에 우트라는 생소한 여신의 성녀가 마르앙 시티에 자리를 잡고 원하는 이는 무료로 치료해 주고 있어 조만간 마르앙 시티에 우트의 신전이 세워질 거라는 소문이 추가되었다.

그동안 구심점이 없어 흩어진 묘인족과 호인족은 물론 빈민이 되어 생존을 위해 몸부림을 치던 사람들이 일자리를 찾아서 모여들기 시작했다.

식자(識者)들은 예상이 되는 바호벳의 추종자들의 공격만 제대로 막아 내면 마르앙 시티는 예전의 성세를 회복할 수 있을 거라고 생각했다.

새로운 의뢰

카오스는 챙긴 영맥을 다른 정령들의 도움을 받아서 아니 테라의 대지 곳곳에 묻었다.

다들 상급 이상의 정령에 해당하는 능력을 발휘할 수 있기에 그리 어려운 작업은 아니었다.

그렇게 영맥이 깊은 곳에 자리를 잡자 바로 눈에 띄는 변화가 생겼다. 대기 중 영력과 마나의 밀도가 크게 증가한 것이다.

거기에 마법사단의 연구가 끝나서 본격적으로 차원석에서 원하는 에너지를 추출할 수 있는 마법진이 완성되었다.

그간의 연구에 따르면 차원석과 연동된 마법진 안의 마나는 바깥 대비 30배에 달할 정도로 농후했다. 당연히 그 안에서 연공이나 마력 서킷을 운용하면 엄청난 마나 집적 효과를 거둘 수 있었다.

가온은 그 마법진을 전사단에 열 개를 설치했고 마법사단과 영술사단 그리고 사령술사단에 각각 하나씩 설치했다.

한 번에 마법진을 이용해서 연공을 할 수 있는 인원은 100명 정도여서 전사단의 마법진은 하루에도 다섯 번 정도는 상급 마정석을 교체해야만 했다.

하지만 해당 마법진을 이용할 수 없는 이들도 있었다.

육체가 더 이상 에너지를 받아들일 수 없을 정도로 포화 상태인 경우로 가온이 대표적이었다.

가온만이 아니었다. 시르네아나 예하 등 소드마스터 상급 이상의 실력을 가진 대전사장 11명은 마법진의 수혜 대상이 아니었다. 그래서 그들은 연공 대신 스킬 수련에 매진했다.

아나샤도 해당 마법진이 필요 없는 사람이었지만 마인트 용병단에서 우트 여신의 신전을 세워 주겠다고 약속하는 바람에 마르앙에 남기로 했다.

치료를 위해서 각처에서 찾아오는 사람들도 걸렸고 신전 건립에는 자신이 없으면 안 되었기 때문이다.

때문에 가온은 이번에도 혼자 마란타 시티로 향했다. 일단 설인족을 만나려는 것이다.

가온은 이번에는 박쥐 날개를 이용해서 날아갈 생각이었지만 뜻하지 않게 군식구가 붙는 바람에 포기할 수밖에 없었다.

아가르타와 열 명의 묘인족 전사 그리고 호인족의 무타와 전사 열 명이 마르앙 시티로 이주를 원하는 일족들을 호송하기 위해서 따라나선 것이다.

그래서 가온은 헤벨을 비롯한 단원 30명과 함께 말을 타고 이동하기로 했다.

"이번에는 텔레포트 마법진을 이용하지 않나요?"

아가르타가 물었다. 일행은 모두 말을 탄 상태였다.

"미로네스 공주가 부탁을 했습니다. 마란타로 가면서 길 주위의 마수와 몬스터를 쓸어 달라고 말입니다."

다른 도시로 향하는 길은 괜찮은데 유독 마란타로 향하는 길 주위에는 마수와 몬스터가 많이 나타난다고 했다.

"잘됐네요. 안 그래도 몸이 근질근질했는데……."

몸이 근질거리는 것이 아니라 오랫동안 다양한 분야에서 준비를 해 왔던 마인트 용병단 덕분에 마르앙 시티가 급속하게 안정되고 막대한 수익이 눈에 보이자 지분이 욕심난 것이다. 더 적극적으로 활동해서 지분을 더 받으려는 것이다.

"갑시다!"

다들 마툰 차원에서는 한가락 할 실력자이니 거칠 것이 없었다. 일행은 말을 몰아 마란타 시티로 향하는 길을 내달리기 시작했다.

빨리 달리면 꼬박 하루가 걸리지만 말은 지속적으로 빨리 달릴 수 없다. 그러니 이틀은 각오해야만 했다.

가는 도중에 오가는 마차를 종종 만나기는 했지만 굳이 멈추지는 않았다.

안면도 없는 이들과 말을 섞느라고 시간을 지체할 필요가 없었기 때문이다.

그래도 가끔 멈추어야 했다.

"잠깐!"

"무슨 일이에요?"

"서북방에 다크오크 무리가 있습니다."

카오스가 알려 준 정보였다.

"몇 마리나 됩니까?"

"200마리 정도이니 잠깐 들렀다가 갑시다."

"좋습니다!"

다섯 명은 소드마스터이고 나머지는 익스퍼트 중급 이상의 실력이니 거칠 것이 없었다.

가온의 안내를 받아서 다크오크가 새롭게 자리를 잡으려는 곳으로 향한 묘인족과 호인족 전사들은 다크오크들을 포위한 상태에서 놈들을 썰어 버리기 시작했다.

도망치는 놈들은 신경 쓸 필요가 없었다.

가온과 정찰을 위해 길 양쪽의 숲을 통해 이동하는 아니테라 용병단에서 맡기로 했으니 말이다.

다크오크 200여 마리는 순식간에 도륙되었다. 100여 마리는 묘인족과 호인족 전사들의 손에 의해, 그리고 나머지는 아니테라 용병단원들이 정리했다.

사체는 가온이 말한 대로 챙기지 않기로 했다.

이곳에 자리를 잡으려는 다른 마수나 몬스터에게 경고의 의미로 놔두자고 한 것이다.

묘인족과 호인족도 가온의 말을 따르기로 했다.

이전이라면 마정석이라도 챙겼을 테지만 빠르게 안정되는 마르앙 시티의 지분을 가지고 있는 지금은 그럴 필요가 없었다. 상대적으로 인원이 적기 때문에 1할이라고 해도 엄청난 수익이 약속되었기 때문이다.

마정석을 적출할 시간에 빠르게 이동하면서 마르앙 시티의 안전을 위협하는 마수와 몬스터를 사냥하는 편이 훨씬 이득이었다.

물론 처리하지 않은 사체는 알테어가 나와서 챙겼다. 그는 한창 언데드 군단을 만들고 있었기에 다양한 종류의 사체가 필요했기 때문이다.

그렇게 30분에서 1시간 간격으로 길 주위에 자리를 잡은 고블린, 오크, 다크오크, 심지어 트롤까지 처리한 가온 일행은 늦은 오후가 되어 시원하고 맑은 물이 흐르는 개울가에 자리를 잡고 쉬고 있었다.

수량이 꽤 많아서 다들 물에 뛰어들어서 토벌 과정에서 나온 땀과 방어구에 묻은 피를 씻어 내던 가온 일행은 마란타 시티 쪽에서 오는 상단 행렬을 볼 수 있었다.

"이런 세상에! 온 훈 님!"

선두 쪽에서 그를 알아보고 달려오는 사람이 있었다. 마란타로 입성하기 전에 다크오크들로부터 구해 주었던 포데인 상두였다.

"포데인 씨, 마르앙으로 가는 길입니까?"

"하하하. 맞습니다. 한동안 공급이 되지 않아서 주괴가 대량으로 필요하거든요. 옷과 식기 등 다양한 생필품이 필요할 것 같아서 잔뜩 가지고 갑니다."

마차만 무려 서른 대에 달했다. 한동안 주괴 공급이 끊어졌던 상황이라서 지금 주괴를 구입해 가면 큰 수익을 거둘 수 있을 것이다.

"오는 길은 괜찮았습니까?"

"놀과 오크 무리의 공격을 받았지만 무리가 작아서 피해는 전혀 입지 않았습니다. 이번에 고용한 용병대의 전력이 엄청나게 강합니다."

포데인이 그렇게 말했을 때 후방에서 말을 타고 접근하는 인물들을 본 가온의 눈이 살짝 커졌다.

'호오! 마인트 용병단의 전사들과 분위기가 비슷하네.'

원래 용병 출신이 아니라 기사 수업을 받은 이들이 틀림없었다.

게다가 다가오는 열 명 중 세 명은 소드마스터였다. 아직 입문 단계였지만 말이다.

하지만 가장 눈에 띄는 인물은 익스퍼트 중급 실력의 중년 남성이었다.

'분위기가 아주 독특하네.'

잘 다듬은 콧수염과 강렬한 안광이 아주 인상적인 미남자는, 이제는 탄 차원으로 귀환한 파고르 3황자와 비슷한 분위기를 가지고 있었다.

'최소한 제대로 된 교육을 오래 받은 고귀한 혈통이겠군.'

"아! 이쪽은 이번 상행을 호위하는 에버라이트 용병단의 단장님과 그 일행입니다. 테우번 단장님, 이분은 일전에 다크오크의 습격을 받아서 죽을 위기에서 저와 일행을 구해 주신 온 훈 님이십니다. 아니테라 용병단의 단장이시지요."

포데인이 테우번과 가온을 소개했다.

"반갑습니다. 온 훈이라고 합니다."

"테우번 라우트라고 합니다. 이쪽은 우리 용병단의 대장들과 마법사 그리고 사제입니다. 우연치 않게 귀한 분을 만나게 되어 기쁩니다."

가온의 이름을 들은 테우번은 물론이고 곁에 있는 자들도 깜짝 놀라는 얼굴로 인사를 해왔다.

"온 훈 단장님과 아나샤 성녀에 대한 이야기를 아주 인상 깊게 들었습니다. 마신 라케움의 신전 말살부터 마르앙 시티 공략까지 엄청난 활약을 하셨더군요."

포데인도 잘 모르는 눈치인데 그가 그런 것까지 아는 것을 보니 아무래도 라친다 정보길드에서 정보를 구한 모양이다.

"과찬입니다."

"과찬은요. 다이트 용병단을 도운 정도가 아니라 주도적으로 마신 라케움의 신전들을 말살했다는 얘기를 듣고 정말 감탄했습니다. 용병단이 아니라 기사단, 아니 한 왕국의 전력이라고 해도 무방할 정도로 강력한 전력을 갖추고 있더군요. 정말 부럽습니다!"

"세상에! 아니테라 용병단이 그 정체를 알 수 없는 세력이었던 겁니까? 이런 분을 우연히 만나다니 제가 정말 운이 좋은 모양입니다!"

포데인도 다이트 용병단과 관련된 얘기를 들었는지 호들갑을 떨면서 대화에 끼어들었다.

결국 가온은 포데인 일행에게 붙잡혀서 일정보다 이르게 노숙을 해야만 했다.

"대단합니다! 귀한 증류주를 이렇게 많이 가지고 계실 줄은 몰랐습니다!"

개울가에 천막을 치고 숙영을 준비하는 동안 묘인족과 호인족 전사 네 명이 사냥을 나갔다가 운이 좋게도 커다란 사슴 세 마리를 사냥해 왔다.

덕분에 사슴 구이를 먹게 되었지만 고기만 먹으려니 너무 퍽퍽해서 할 수 없이 술을 꺼내게 되었는데, 사방에서 쳐다보는 눈이 너무 강렬해서 어쩔 수 없이 증류주를 더 내놓을 수밖에 없었다.

이렇게 도수가 높고 맛있는 술은 기억도 나지 않는 오래전에 먹어 봤거나 처음 마시는 이들은 홀짝홀짝 술을 마셨는데, 상행에 포함된 상두부터 시작해서 마부까지 모두 크게 취해서 완전히 뻗어 버렸다.

하지만 에버라이트 용병단은 달랐다. 오늘 경계를 맡은 이들은 연신 침을 삼키면서도 딱 한 잔씩만 마시고 숙영지 외곽으로 향한 것이다.

'군기가 제대로 선 용병단이네.'

마음에 들었다.

"에버라이트는 용병단치고는 전력이 아주 강하네요."

"부끄럽습니다. 소드마스터만 열 명이 넘고 7서클 마법사와 성녀급 사제까지 있는 아니테라 용병단과 비교도 할 수 없는 전력에 불과합니다."

가온의 칭찬에 테우번은 오히려 민망하다는 얼굴로 그렇게 말했다.

아니테라 용병단의 전력을 어느 정도 아는 것을 보니 제대로 정보를 구한 모양이다.

'라친다 정보길드에서 우리 용병단의 전력을 그 정도로 파

악한 것 같군.'

과소평가를 한 것이지만 화가 날 일은 아니다. 정체를 감출수록 목표를 달성하는 데 유리하니 말이다.

"우연히 만나긴 했지만 제게 하실 말씀이 있는 것 같습니다만."

테우번은 처음 만났을 때부터 뭔가 하고 싶은 말이 있는 눈치를 드러냈다.

"으음. 사실 꼭 만나 뵙고 싶었습니다."

"말씀해 보십시오."

"저와 우리 단원들은 사실 이노트 왕국 출신입니다."

이노트 왕국은 세트 왕국과 뿌리가 같았고 거대한 협곡을 경계로 그동안 사이좋게 지냈는데, 70년에 걸친 기상이변과 그 이후에 벌어진 에너지 이변 그리고 마신의 추종자들의 공격을 받아서 멸망했다.

사실 테우번은 세트 왕국처럼 망해 버린 이노트 왕국의 왕자였다.

"미로네스 공주, 아니 마인트 용병단이 마신 바호벳의 추종자들에게 마르앙 시티를 빼앗았다는 얘기를 듣고 라친다 정보길드에 자세한 정황 정보를 구입했습니다. 비슷한 처지라서 잘 알고 있는데 마인트의 전력으로는 불가능한 일이었거든요."

그래서 가온과 아니테라 용병단의 존재를 알게 된 것이다.

예지몽으로
히든랭커

"마인트 용병단을 도와준 대가로 신성마법진에 대한 정보와 마르앙의 지분 3할을 받은 것으로 알고 있는데, 맞습니까?"

가온은 라친다의 정보력에 감탄하면서 고개를 끄덕였다.

"저희도 같은 대가를 지불하고 아니테라 용병단의 도움을 받고 싶습니다. 물론 수인족 용병들에게도 같은 제의를 하고 싶습니다."

테우번의 목적은 명확했다. 에버라이트 용병단도 마르앙처럼 거점 도시를 장악해서 장차 새로운 왕국을 건설하려는 꿈을 꾸고 있는 것이다.

가온은 귀찮아서 거절하려고 했는데 아가르타와 무타가 흥분했는지 숨결이 거칠어진 것이 느껴졌다.

다시 생각해 보니 지분에 따른 안정적인 수익을 올리는 것도 그렇고, 이렇게 마신의 추종자들과 대항하는 세력을 만드는 것도 나쁠 것 같지 않았다.

'에너지 이변을 일으키는 곳이 가까이 있으면 금상첨화고.'

어차피 자신만 할 수 있는 일인데 겸사겸사 처리할 수 있었다.

"어딜 생각하고 계십니까?"

"바통 시티입니다."

가온이 바통 시티에 대해서 모르는 눈치이자 곁에 앉아 있던 아가르타가 입을 열었다.

"단장님, 바통은 알타바레스 협곡과 인접한 도시로 본래 이노트 왕국에 속하는 자작성이었는데, 몇 년 전에 마신 크 렛의 추종자들에게 넘어갔어요. 규모는 크지 않지만 협곡과 연결되는 위쪽의 넓은 노천 광산에서는 금과 은 그리고 마나 석이 나오고 아래쪽 들판에는 밀과 과실수가 잘 자라서 굉장 히 부유한 도시로 알려졌어요."

"탐내는 이들이 많았겠네요?"

"네. 왕국 시절부터 고위급 귀족들이 자작령을 노렸지만 바통 자작가에서는 채굴한 금과 은 그리고 마나석의 8할을 왕실에 바쳤기 때문에 감히 건드리지 못했어요."

나머지 2할로도 부유하다고 알려졌을 정도라면 금과 은 그리고 마나석의 매장량이 얼마나 많은지 충분히 짐작할 수 있었다.

그러니 다시 이노트 왕국을 일으켜 세우려는 에버라이트 용병단의 테우번이 욕심을 내는 것이다.

'어차피 협곡 안에 있는 마계 던전을 공략하려고 했는데 잘됐네.'

하지만 그런 내심을 일찍 밝힐 필요는 없었다.

"가능하긴 한데 대가가 문제가 되겠군요. 더 이상 신성마 법진은 필요가 없습니다. 희귀한 보물 정도라면 모를까 별로 내키지 않습니다."

가온의 말에 테우번과 다른 수뇌의 얼굴이 밝아졌다가 다시 굳었다. 대가가 마음에 들지 않으면 돕지 않겠다는 뜻이었기 때문이다.

양해를 구하고 잠시 자신들만의 시간을 가진 후에 돌아온 테우번이 내놓은 보물 두 개였다.

둘 다 이노트 왕실에서 오랫동안 비밀리에 보관해 왔는데, 하나는 전설에나 등장하는 드래곤 하트였고 다른 하나는 드래곤 블러드, 즉 용혈 열 병이었다.

"이런 보물을 왜 이제까지 사용하지 않은 겁니까?"

이해가 가질 않았다.

드래곤 하트는 한 조각만 먹어도 엄청난 마나를 얻을 수 있었다. 엄청나게 농밀한 마나를 함유하고 있는 피 또한 마찬가지고.

"그게 이유가 있습니다."

일반 드래곤의 것이 아니라 광룡 혹은 마룡으로 유명한 발란트의 심장과 피였기 때문이다.

"극소량을 섭취했던 이들이 모두 광증에 빠지거나 마인이되어 날뛰다가 온몸이 폭발해서 죽음을 맞이했습니다. 하지만 그래도 그 당시에 존재하던 드래곤의 절반 이상을 살해하고 잡아먹었다는 드래곤의 심장과 피이니 다른 쓰임이 있지 않을까요?"

맞는 말이다. 아마 마족이 이 물건이 존재한다는 사실을 안다면 테우번은 죽은 목숨이나 마찬가지다.

어쩌면 테우번이 원하는 것을 모두 주고서라도 얻으려고 할 정도의 보물임은 틀림없었다.

가온은 당장이라도 챙기고 싶었지만 계약금 조로 용혈만 챙기고 드래곤 하트는 다시 테우번에게 넘겨주었다.

"좋습니다. 사흘 후에 마란타에서 다시 만나서 함께 움직이기로 하지요. 그리고 바통의 마족 전력은 파악했습니까?"

에버라이트 용병단은 상행을 호위해서 마르앙 시티까지 가야만 해서 돌아오는 시간까지 고려해서 그렇게 말했다.

"바통은 마신 크렛의 추종자들에게도 중요한지 사도 둘에 대사제 네 명이나 있습니다. 사제도 400여 명이나 되고 마전사도 3천이나 됩니다."

사제나 마전사야 별로 신경이 쓰이지 않았지만 사도가 둘이나 된다는 것은 크렛의 추종자들에게 바통이 그만큼 중요하다는 의미다.

"가장 큰 문제가 있습니다."

"뭡니까?"

"마신 크렛의 이명은 색욕(色慾)의 마신입니다. 그래서 어떤 마신의 추종자보다 행실이 지저분하지요. 수시로 난교를 벌이는데, 우리가 생각할 수 있는 모든 종류의 간음이 이루어진다고 합니다. 그리고 한번 난교에 참여하면 신실한 사제조차 마신 크렛의 종이 된다고 합니다."

흥미로운 얘기이긴 하지만 그게 왜 문제인지 모르겠다.

"마신 크렛의 추종자들은 사도부터 일반 신도까지 모두 미혹술을 익히고 있습니다. 놈들은 눈빛, 소리, 향기 등으로 상대의 색심을 자극해서 이성을 무너뜨린다고 합니다. 그중 가장 위험한 것이 색안(色眼)이라는 능력이라서 우리는 적의 눈을 제대로 마주치지 않아야 한다는 페널티를 안고 싸움을 해야 합니다."

그게 사실이라면 확실히 문제가 된다. 귀야 막을 수 있고 코 역시 두꺼운 천으로 가리면 되지만 눈은 가릴 수 없었기 때문이다.

"신성력을 가진 사제나 성기사는 미혹술의 영향을 받지 않는다는 말이 있기는 하지만 그 부분도 확인되지 않았습니다."

"축복을 내리면 미혹술의 영향에서 벗어날 수 있지 않을까요?"

신의 축복은 단순히 버프 효과만 있는 건 아니다. 축복을 받은 이에게 한동안 삿된 기운이 침투할 수 없도록 해 주는 효과도 있었다.

"아니테라 용병단에 성녀가 계시다는 얘기를 듣고 기대를 하고는 있지만……."

테우번도 확신하지 못하는 눈치였지만 그래도 기대는 하고 있었다.

"다행히 축복을 내릴 수 있는 성녀급 사제가 우리와 함께 하고 있으니 여러분이 마란타에 도착하기 전에 확인을 해 보겠습니다."

자신도 신성력을 보유하고 있지만 축복은 내리지 못한다. 특정한 신의 사도나 사제가 아니었기 때문이다.

"좋은 결과가 있기를 바라겠습니다."

그 이후로도 에버라이트 용병단이 그동안 수집한 바통 시티와 마신 크렛의 추종자들에 대한 정보를 화제로 대화가 쭉 이어졌다.

다음 날 정오 무렵, 가온 일행은 마란타 시티에 도착했다. 물론 은밀하게 따르는 알테어가 좋아할 정도로 많은 몬스터들을 처리하면서 말이다.

"확실히 마르앙 시티가 문제였나 보네요."

"그러게."

아가르타의 말에 가온이 고개를 끄덕였다.

오는 내내 느꼈지만 마란타 시티 인근의 대기 조성이 바뀌어 있었다. 더 이상 마기를 느낄 수 없었다.

덕분에 오가는 사람들의 얼굴도 이전과 달리 굉장히 밝았다.

마화된 동물은 더 이상 사냥감이 아니었는데 에너지 이변 현상이 사라지면서 마화 정도가 약했던 동물들이 정상으로 돌아온 것이다.

거기에 한동안 공급이 끊겼던 철괴 등 다양한 주괴가 다시 반입될 가능성이 커지면서 새로운 무기를 쉽게 구입할 수 있다는 기대감이 커졌으니 시티의 분위기도 좋아질 수밖에 없었다.

숙소는 이전에 묘인족이 잡았던 곳이었는데, 그새 식재료 사정이 좋아졌는지 음식의 질도 높아져서 일행의 만족도 역시 상승했다.

식사 후 산책 삼아서 가벼운 마음으로 용병 길드에 들른 가온은 자신이 이전에 했던 의뢰를 까먹고 있었다는 사실을 깨달았다.

"의뢰를 하고 말도 없이 시티를 벗어나면 어떻게 하십니까!"

사무원에게 불평 가득한 소리를 들었지만 자신이 잘못했기에 꼼짝없이 감수했다.

"그래서 의뢰를 취소하실 겁니까?"

"아, 아닙니다. 그런데 아직도 유효한 겁니까?"

"네. 규모가 작지만 실력이 뛰어난 용병대 세 곳이 거의 동시에 의뢰를 받아들였거든요. 의뢰를 끝내고 돌아온 지 얼마 되지 않아서 다른 의뢰를 받진 않았습니다. 그래도 추가로 약간의 보상을 해야 할 겁니다."

익스퍼트 중급 이상으로 150명이 추가된다면 바통 시티를 공략하는 데도 큰 도움이 될 것이다.

"그럼 세 용병대에게 제가 묵고 있는 여관으로 들르라고
해 주십시오. 일정과 추가 보수에 대해 알려 주겠다고요."

"수수료는 어떻게 할까요?"

생각해 보니 용병 길드에 지급해야 할 것이 있었다.

수수료는 생각한 것보다 낮은 수준이었다. 워낙 많은 의뢰
를 처리하다 보니 그런 것 같았다.

마정석으로 수수료를 지급한 가온은 곧바로 여관으로 돌
아와서 방을 걸어 잠갔다.

지도와 녹스의 도움으로 단숨에 바통 시티 상공으로 공간
이동한 가온은 곧바로 투명화 스킬을 펼쳤지만, 오늘은 투명
날개를 장착하지 않고 마기를 등 쪽에 주입했다.

박쥐의 그것과 비슷한 거대한 날개가 순식간에 돋아나더
니 몇 번 흔들자 안정적으로 체공할 수 있었다.

'왜 새의 날개보다 박쥐의 날개가 더 비행술에 유리한지
알겠군.'

몸에 장착하는 아이템이 아니라 원래 몸의 일부와 마찬가
지라서 굳이 마나를 사용하지 않아도 날개를 마음대로 움직
일 수 있었다.

가온은 이전보다 편하고 자유롭게 날면서 바통 시티를 샅
샅이 살폈다.

바통 시티는 협곡의 가장자리로 올라가는 완만한 경사로의 중간에 자리를 잡고 있었는데, 외부의 침입을 많이 받았는지 꽤 높은 벽을 두르고 있었다.

특이한 점은 보통의 성과 달리 내성이 따로 없다는 점이었다. 그래서 성 내부의 면적은 일반적인 성의 내성보다 훨씬 컸는데 대략 세 부분으로 나뉘어 있었다.

일단 노천 광산과 가까운 서쪽에는 광물을 처리하는 대형 작업장들이 자리하고 있었고, 남동쪽은 상설 시장을 끼고 발달한 상가들이, 그리고 나머지 한 구역은 창이 많은 사각형 혹은 직사각형의 주거 건물들이 가득했다.

마지막으로 중심부에는 예전에 영주 일가가 거처한 영주관과 행정적인 업무를 처리했지만 지금은 신전이나 숙소가 되어 버린 건물들이 모여 있었는데 여러 개의 석상이 시선을 확 끌었다.

'민망하군. 색욕의 마신을 모시는 신전답군.'

유방과 음부를 자랑스럽게 드러낸 여인상은 물론이고 성난 물건을 세우고 있는 남자의 상과 다양한 체위로 성교를 하는 상까지 다양한 석상들이 신전 곳곳을 채우고 있었다.

가장 인상 깊은 석상은 수십 개의 손이 몸 곳곳을 만지고 있는 여인상이었는데, 머리에 뿔이 세 개가 있는 것으로 보아 색욕의 마신 크렛의 상인 것 같았다.

그런데 비단 석상만이 아니었다. 시티 곳곳에서 타인의 시선을 아랑곳하지 않고 성교를 즐기고 있는 이들이 보였다.

'추잡하군.'

가온도 남자인 만큼 여자가 좋다. 사랑하는 여인과 몸으로 사랑을 나누는 행위도 즐긴다.

하지만 상대를 가리지 않고 하는 성행위는 말초적인 쾌락을 위한 것이지 사랑을 위한 것은 아니다.

시티를 벗어나 아래쪽으로 날아가자 가느다란 개울들이 종횡으로 가로지르는 넓은 초지가 보였는데, 이제 익어 가는 밀들이 바람에 흔들리고 있었다. 그리고 곳곳에 다양한 과실수들이 자라고 있고 열매들이 익어 가고 있었다.

밭과 과수원 곳곳에는 볼이 홀쭉하고 팔다리가 뼈에 거죽을 씌워 놓은 것같이 마른 사람들이 뙤약볕을 받으며 풀을 뽑거나 과실수를 관리하고 있었다.

먼 곳에는 양과 염소를 모는 목동들도 보였는데, 일정한 거리마다 집이라고 부르기가 어려운 허름한 움막들이 모여 있는 것을 보면 저 사람들은 시티 안에 들어가지도 못하고 농사나 목축을 하는 것 같았다.

이번에는 협곡으로 올라가는 다소 가파른 경사면 쪽으로 날아갔다.

'저기가 노천 광산이군.'

아래로 내려가는 계단이 원을 그리며 위를 기준으로 30미터 깊이까지 연결된 거대한 구덩이들이 50여 개나 되었는데 평균 지름이 50여 미터나 될 정도로 큰 규모였다.

노천 광산 중 열네 곳을 제외한 나머지 광산에는 수많은 사람들이 개미처럼 일하고 있었는데, 농사를 짓거나 목축을 하는 이들과 몰골이나 행색이 비슷했다.

의외인 것은 예상했던 감독관이 거의 보이지 않는다는 점이었지만 가온은 총인원을 계산해 봤다.

'한 곳에 대략 500명 정도이니 대략 18,000명 정도가 광산에서 일하는 거군.'

하지만 이들은 성 아래쪽의 농부나 목동들처럼 시티에서 거주하는 것이 아니다. 노천 광산들 사이에 대형 창고들과 함께 판자로 대충 지은 긴 건물들이 늘어서 있었는데, 광부들이 기거하는 곳인 것 같았다.

가온은 노천 광산 중 농후한 마기를 방출하는 한 곳을 선택해서 날아내렸다. 채굴이 이루어지지 않고 있는 광산이었다.

먼저 마법진을 찾았지만 보이지 않았다. 그래서 일전에 경험했던 비슷한 사례를 떠올리고 금속 봉을 찾았더니 정말 있었다. 수많은 금속 봉들이 일정한 거리마다 바닥에 깊이 박혀 있었다.

금속 봉을 살펴보니 이전에 봤던 것들과 마찬가지로 마법진이 새겨져 있었다.

'확실하네.'

심안을 발동한 후 바닥을 응시한 가온은 흡발석 역할을 하는 검은 구체들이 수십 미터 깊이에 일정한 간격으로 삽입되어 있다는 것과 그 아래쪽에 굵은 마나석 광맥의 존재까지 확인했다.

그리고 마나석 광맥보다 더 깊은 곳에는 아주 농후한 영력을 방출하는 영맥까지 있었다.

'마나석 광맥은 원래 영맥과 가까운 곳에 생성이 되는 건가?'

묘하게 지금까지 발견한 마나석 광맥은 모두 영맥의 위쪽에 자리하고 있었다.

그렇게 마나석 광맥과 영맥까지 확인한 가온은 다른 노천광산을 차례로 돌았는데 금광산과 은광산이 합해서 서른여섯 곳이었고 나머지는 마나석 광산이었다.

마나석 광산들은 채굴하지 않고 방치되어 있었다. 대신 엄청나게 농후한 마기가 샘솟듯 분출되어 사방으로 퍼지고 있었다.

가온은 마나석 광산들을 돌아다니면서 흡발석을 제거하는 한편 마나석 광맥과 영맥에 맺힌 커다란 마나석과 영석을 모조리 챙기도록 했다.

가온은 카오스를 소환해서 시티 내에 있는 크렛의 추종자 전력을 확인하도록 한 후 자신은 협곡 쪽으로 날아갔다. 확인하는 김에 협곡 안에 있다는 마계 던전을 확인하려는 것이다.

기연

    알타바레스 협곡은 규모가 굉장히 컸다.

    나중에 들었는데 협곡의 총길이는 400킬로미터가 훨씬 넘었고 깊이는 평균 400미터에 폭도 좁은 곳은 120미터, 넓은 곳은 500미터에 달할 정도로 거대했다.

    하지만 마계 던전을 찾는 건 어렵지 않았다. 바통 시티가 접한 협곡 지점에서 상류로 대략 5킬로미터 정도 떨어진 곳에 협곡 중간에 자리하고 있었다.

    '동굴형이네.'

    마계 던전인 것은 파장으로 이루어진 입구를 통해 흘러나오는 농후한 마기를 통해 알 수 있었다.

    이곳에서 방출되는 마기로 인해서 에너지 이변이 일어난

것은 확실히 아니었다.

'바통 시티의 마나석 광산이 에너지 이변의 근원지네.'

던전에 흘러나오는 마기는 농후하기는 했지만 양은 그리 많지 않았다.

가온은 바로 마계 던전으로 들어가지는 않았다.

'여긴 설인족과 만난 후에 공략하자!'

마계 던전과 바통 시티의 관계부터 확인해야 하지만 혼자 들어갈 필요는 없었다. 이미 던전 브레이크가 발생했으니 급할 건 없었다.

대신 카오스에게 던전의 정찰을 맡겼다.

다시 바통 시티 상공으로 날아왔을 때 카오스가 조사한 내용을 전해 주었는데, 이곳에 있는 마신 크렛의 추종자 전력은 테우번에게 들은 것과 비슷했다.

'이젠 축복의 효과를 시험해 봐야겠네.'

가온은 은밀하게 성벽과 가까운 곳으로 날아내린 후 벌건 대낮임에도 집 안에서 성교를 하는 남녀에게 수면 독을 뿌렸다. 그러자 두 남녀는 교합을 하고 있는 상태로 잠이 들었는데 여자가 남자보다 두 배는 더 나이가 많아 보였다.

'정혈이 많이 고갈되었군.'

얼마나 정(精)을 방출했는지 바싹 마른 몸에 눈빛도 탁하고 피부도 많이 노화된 상태였다.

가온은 달라붙은 상태로 잠이 든 두 사람을 이불로 둘둘만 다음 생물 전용 아공간으로 집어넣었고, 또다시 돌아다니면서 마전사 두 명과 사제 두 명을 같은 방식으로 더 확보한 후에야 바통을 빠져나왔다.

그런데 막 시티를 벗어나려는 순간 카오스의 의념이 전해졌다.

—가온, 여기 아주 이상해.

'뭐가?'

—시티 전체를 감싸는 에너지의 흐름이 보호막과 비슷한데 이상한 건 물리적인 속성이 전혀 없다는 거야.

'그럼 보호막이 아니라고?'

실제로 자신이 시티로 날아내릴 때도 막의 존재는 물론 아무런 느낌도 받지 못했다.

—속성을 알 수 없는 이상한 에너지가 시티 전체에서 중앙의 신전을 향해 움직이고 있어.

모둔 만큼은 아니지만 카오스는 대부분의 속성을 다룰 수 있는데, 그녀가 모르는 속성이라니 이상했지만 지금 당장 알아보기는 힘들었다.

—조금만 흡수해 볼까?

'괜찮겠어?'

—처음 접하는 속성이라 궁금해.

'아니야, 나중에! 마계 던전이 먼저야.'

—쳇! 알았어.

카오스는 곧바로 가온 옆에 나타났는데 다른 때와 다르게 얼굴에 홍조가 가득했다.

다양한 매력을 가진 미모를 가지고는 있지만 정령체일 때는 표정에 별 변화가 없었던 평소와 왠지 달라 보였다.

'하지 말라니까 흡수한 거구나. 괜찮은 거지?'

－왠지 끌어당기는 것 같아서 조금만 흡수를 해 봤어. 그런데 뭔가 들뜨는 기분이야.

'들뜬다고?'

가온의 정령들은 정령계의 정령과 달리 감정을 가지고 있었지만 들뜬 경우는 거의 없었다.

－응. 이렇게 하고도 싶어.

쪼옥!

정령체가 갑자기 인간 여성만큼 커지는가 싶더니 그의 입에 입을 맞추었다.

－아! 빨리 모둔처럼 인간이 되고 싶다!

카오스는 멍청한 표정을 짓고 있는 가온에게 그렇게 속삭이더니 홀연히 사라졌다.

'뭐야?'

전에 없던 행동에 놀란 가온은 몇 번 눈을 깜박거렸다가 이내 하늘로 날아올랐다.

'혹시?'

잠깐이지만 인간형으로 현신한 카오스가 이상한 행동을

한 데에는 분명히 합당한 이유가 있을 것이다.

그리고 그 이유는 카오스가 말한 에너지, 즉 애욕(愛慾)을 불러일으키는 속성을 가진 에너지일 가능성이 아주 높았다.

'애욕을 일으키는 에너지가 신전 중앙에 모이고 있다고 했지. 한번 확인해 보자.'

가온은 충동적인 결정을 내리고 시티 밖이 아니라 신전을 향해 날아갔다.

그리고 신전의 지붕 중앙에 서 있는 대리석 재질의 상 위에 내려앉았다.

석상은 민망하게도 서로 마주 보고 붙어 앉아서 교합을 하는 형태였는데, 얼마나 정교하게 조각을 했는지 남신과 여신이 동시에 절정에 올라 황홀경에 빠져 있다는 사실을 생생하게 느낄 수 있었다.

가온은 절정감에 상체를 살짝 뒤로 젖히고 있는 남신상과 여신상의 가운데 부분, 즉 성기가 결합된 민망한 부분에 서서 심안을 발동해서 에너지의 흐름을 확인했다.

'정말 시티 전체의 에너지가 이곳으로 모여들고 있어!'

그런데 그 에너지의 파동이 묘하게 익숙했다.

'이건 마나도 마기도 아닌데 왜 익숙하지?'

곰곰이 생각하던 가온의 머릿속에 벼락처럼 떠오르는 것이 있었다.

'이건!'

사랑하는 세 여인과 음양대법을 연공할 때, 특히 동시에 절정에 올랐을 때 서로의 몸을 빠르게 오가면서 음기와 양기를 결합시키고 증폭한 에너지였다.

가온은 그 에너지가 자신의 양기와 여인들의 음기가 동시에 절정을 맞이할 때 의식과 상관없이 서로의 몸을 빠르게 오가면서 조화롭게 섞여서 만들어진 일종의 음양기라고 생각해 왔다.

다만 자신의 음양기와 다른 점은 그때의 에너지는 전신에 강한 활력을 줄 뿐만이 아니라 정신이나 감정을 크게 고양시킨다.

즉, 상대와 합일되는 것 같은 일치감과 충만함을 느끼게 해 주고 사랑하는 마음을 더욱 증폭시켜 준다.

음양대법을 완성한 후에야 겨우 느끼게 된 에너지지만 그후에도 거의 느낄 수 없는 에너지이기도 했다.

가온은 신상으로 밀려오는 그 에너지를 한번 흡수해 보기로 했다.

'음양신공으로 흡수할 수 있을까?'

그런 기대를 가지고 연공을 해 보자 역시 SSS 등급답게 가능했는데, 엄청난 양이 가온도 놀랄 정도로 빠르게 몸으로 유입되었다.

흡수되는 에너지의 흐름이 얼마나 격렬한지 시티 전체가 요동을 치고 있었다.

에너지의 흐름은 시티 전체에서 모여드는 것만이 아니었다.

신상 자체에서도 에너지가 그의 몸을 향해 방출되었는데 그 양이 도저히 헤아릴 수 없을 정도로 엄청난 수준이었다.

그런데 뭔가 다른 점이 있었다.

음양신공의 묘리에 따라 몸 안에 들어온 엄청난 양의 에너지는 그의 의지를 따르지 않고 몸 전체로 퍼졌다.

그에 가온은 다행이라고 생각했다.

일순간에 그의 몸 안으로 들어온 에너지의 양이나 밀도는 이미 꽉 찬 상태의 마나오션은 물론 마나로드가 감당할 수 없을 정도로 엄청났기 때문이다.

가온은 그 순간 음양대법을 완성했을 때 느꼈던 극치감에 자신도 모르게 몸을 살짝 떨었다. 성기가 의지와 상관없이 한계까지 커졌다.

육체는 물론 영혼이 급격히 고양되더니 의식이 무한대로 확장되는 것 같았다.

사람들을 포함한 생물들이 마치 개미처럼 느껴지면서 뭐든 의지대로 할 수 있을 것 같은 생각이 들었다. 마치 세상을 굽어보는 절대자가 된 것과 같은 기분이었다.

그런데 거기에 그치지 않았다. 의식과 함께 영혼 역시 무한대로 확장되면서 끝없이 거대한 우주와 합일되는 것 같았다.

'차원이 이렇게 연결되었구나!'

수없이 많은 차원이 서로 겹쳐지고 융합되어 있음을 깨달았다.

차원계를 좀 더 자세히 살펴보자 차원들이 복잡한 파동으로 이루어져 있다는 사실을 알 수 있었다.

신기한 마음과 수없이 겹쳐진 차원들을 좀 더 자세히 살펴보려고 할 때 무지막지한 압력이 그를 압박했다.

순간 영혼이 흩어질 것 같은 위협감과 공포감이 그를 엄습했는데, 마치 미지의 거대한 존재가 자신이 차원에 대한 깊은 비밀을 알 수 없도록 막는 것 같았다.

강렬한 두려움을 느낀 가온은 의식을 자신의 몸에 집중했고 일순간 깨어났다.

"허억! 헉!"

가쁜 숨이 터져 나왔다.

희미한 정신에도 몸을 살펴보니 온몸이 진땀으로 푹 젖어 있었다.

자신의 모든 힘을 한꺼번에 쏟아 낸 것 같은 탈력감이 한꺼번에 몰려들면서 자신도 모르게 그 자리에 주저앉았다.

'정신을 차려야 해!'

이곳은 적지다. 절대로 안전한 곳이 아니었다.

그러고 보니 투명화 스킬이 해제된 상태라서 누군가 신상을 본다면 남신과 여신의 성기가 결합된 부분에 쪼그린 채

앉아 있는 그의 모습을 볼 수 있을 것이다.

가온은 서둘러 아니테라로 넘어갔다.

아무 생각 없이 넘어간 곳은 세계수 엘라가 만든 숲이었다.

-마스터! 어멋!

가온을 반갑게 맞이했던 엘라는 그의 상태가 심상치 않다는 사실을 깨닫고 당황했다.

창백한 가온의 얼굴에는 진땀이 가득했고 땀을 얼마나 흘렸는지 부츠까지 푹 젖었는데, 도착하자마자 그 자리에 주저앉은 것이다.

무엇보다 자신을 알아보지도 못하고 힘겹게 자세를 취하고 연공을 하려는 것으로 보아 마나는 물론 심력까지 고갈된 것 같았다.

-마스터! 마스터! 저 엘라예요!

'……아, 엘라.'

-무슨 일이에요?

'너무 힘이 없어. 의식도 가물가물하고.'

탈력감이 문제가 아니라 금방이라도 영혼이 붕괴될 것 같은 공포감이 들었다.

이대로 의식을 놓으면 다시 깰 수 없을 것 같았다.

엘라는 가온의 말에 가지를 움직여서 끝부분을 그의 입 안으로 넣어 주었다.

꿀꺽! 꿀꺽!

가온은 나뭇가지의 끝부분에서 나오는 액체를 본능적으로 삼키기 시작했다.

그렇게 아기가 모유를 먹듯 정신없이 액체를 목으로 넘기던 가온은 어느 순간 몸에 힘이 돌아오고 의식도 명료해졌다는 사실을 깨달았다.

"엘라, 됐어. 고마워! 덕분에 상태가 굉장히 좋아졌어."

—도움이 되었다니 다행이에요.

"나한테 뭘 먹인 거야?"

—그게, 인간으로 치면 생명력의 정수 혹은 정혈이라고 할 수 있어요.

그렇다면 그가 마신 것은 엘라의 생명력이 가득 담긴 정수에 해당했다.

"이런! 그 귀한 것을 나한테 먹인 거야?"

—마스터 덕분에 이렇게 좋은 곳에서 만족스럽고 평화로운 삶을 구가하고 있으니 드리지 못할 것이 뭐가 있겠어요. 그리고 마스터가 드신 양 정도는 금방 회복할 수 있어요. 얼마 전에 카오스가 제 근처의 땅속에 영맥을 옮겨 주었거든요.

너무 감동이다. 생명체에게 가장 중요한 생명력의 정수를 서슴지 않고 내놓다니. 아무리 자신의 권속이라고 해도 충심은 다른 문제였다.

"고마워. 정말 엘라가 아니었으면 위험했을 거야. 이제 연공을 해야겠어."

구체적으로 어떻게 위험했는지 설명할 수는 없지만 자칫하면 소멸될 뻔했다.

분신이면서 플레이어의 신분이라 죽어도 부활할 수 있다고 생각해 왔지만 이번에는 달랐다. 아예 영혼이 소멸될 것 같았다.

영혼이 소멸되면 부활도 불가능하다.

그렇기에 마신이나 마왕이 능력을 발휘할 수 없는 다른 차원으로 건너갈 때 분혼을 보내는 것 같았다.

물론 차원 자체가 마치 살아 있는 것처럼 강대한 힘을 가진 존재의 출입을 거부하지만 말이다.

'마신이나 마왕은 차원을 건너려고 할 때 이런 일이 벌어질 줄 알고 있었겠군.'

아무튼 다음에는 이런 무모한 시도는 절대 하지 않겠다고 다짐한 가온은 자신의 몸 상태에 집중했다. 뭔가 변한 것 같은 기분이 들었다.

'어?'

놀랍게도 더 이상 개선될 여지가 없다고 생각했던 육체가 놀라울 정도로 바뀌어 있었다.

피부부터 시작해서 근육, 뼈, 혈관, 장기 등 육체를 구성하는 모든 요소가 세포 단위까지 이전보다 몇 배나 강해졌다.

그건 급하게 확인한 상태창에서도 확인되었다. 기본적인 육체 상태를 알려 주는 근민체, 즉 근력, 민첩, 체력이 이전에 확인했던 수치의 세 배 정도로 높아진 것이다.

'미쳤다!

에너지 역시 마찬가지다. 음양기와 영력 그리고 신성력은 1억에 육박하는 수치였고 마력도 5천만을 넘겼다.

레벨도 드디어 700을 넘겼다. 하지만 능력치의 변화 폭이 너무 커서 700레벨이 된 것에 따른 변화는 전혀 알 수가 없었다.

거기에 새로 나타난 항목도 있었다.

'마기가 3,300만이라니. 내가 이렇게 많은 마기를 흡수한 건가?'

이전에도 마기로 생각한 에너지가 상태창에 있었지만 당시에는 흑마력으로 표시되었던 것과 달리 이젠 마기라고 분명하게 표기되어 있었다.

그런데 상태창에는 따로 표시가 없었지만, 이전에 없었던 새로운 에너지가 더 있는 것 같았다.

가온은 그것이 무엇인지 찬찬히 살펴보려고 했지만 상태창의 변화에 너무 놀라서 그 생각을 더 이어 가지 못했다.

'대표 칭호가 데미갓이라고!'

경악한 가온이 칭호에 의지를 집중했다.

데미갓(예비)

등급 : ―

상세

―모든 종류의 힘을 한계 없이 다룰 수 있다.

―움직임으로 구현되는 스킬은 한 번 보는 것으로 온전히 발휘할 수 있다.

내용은 단 두 줄밖에 안 되지만 의미는 엄청났다. 이제 다루지 못할 힘, 즉 에너지가 없어졌고 한계도 사라졌다.

거기에 요결을 모르는 상황에서도 움직임으로 구현되는 모든 스킬을 한 번 보는 것만으로도 발휘할 수 있게 되었다. 정말 신의 그것과 비슷한 능력이었다.

그러고 보니 대표 칭호였던 초월자 칭호가 예비 데미갓 칭호에 흡수되었는지 더 이상 보이지 않았다.

이런 변화는 예비이긴 하지만 데미갓 칭호가 초월자 칭호보다 더 높거나 강력한 효과가 있다는 것을 의미했다.

'데미갓이라니!'

데미갓은 반신이라는 뜻이다. 보통 신화에서는 신과 인간의 결합에서 탄생하며 신의 그것에 필적하는 권능을 발휘할 수 있는 영웅들을 말하는데 자신도 그런 존재가 된 것이다.

상태창을 모두 확인한 가온은 잠시 멍하니 앉아 있었다.

'내가 뭘 했다고?'

마신을 때려잡은 것도 아니고 엄청난 업적을 세운 것도

아닌데 이런 기연을 얻다니 뭔가 이해가 되질 않는 기분이었다.

한편 가온이 아니테라로 넘어간 직후 신전을 빠져나오는 사제들이 있었다.

그런데 그 모습이 이상했다.

"대, 대체 무슨 일이 일어난 거야?"

바통의 마신전에 머무르고 있는 사도 라울은 너무 늙어서 흘러내릴 것 같은 노인이었는데, 허탈하고 원통한 얼굴로 시티를 훑어보며 그렇게 물었지만, 누구도 대답을 하지 못했다.

"하아! 어떻게 이럴 수가! 더 이상 가우디움이 느껴지지 않아. 대체 가우디움이 어디로 사라졌단 말이냐?"

잠시 후 정신을 차린 대사제가 경악한 얼굴로 입을 열었다.

"라울 사도님, 시티의 가우디움은 물론 마기까지 태반이 사라졌습니다."

가우디움은 색욕의 마신인 크렛의 고유한 본원 마기의 정수로 생물체의 성교 시에 나오는 특별한 에너지였다.

"빨리 마법진과 콘베로마키나를 확인해 봐!"

격노한 사도의 명령에 사제들은 마법을 사용해서 마나석 광산들로 향했다가 얼마 후에 돌아왔는데 얼굴이 하얗게 질려 있었다.

"콘베로마키나가 모두 사라졌습니다. 그래서 더 이상 마기가 나오질 않습니다!"

"마법진을 새긴 금속 봉은 멀쩡했습니다! 다른 광산에서 일하던 인간들과 작업을 감독하던 사제와 전사들에게 확인해 봤지만, 누구도 마나석 광산에 일어난 변고를 알아차리지 못했습니다."

"신도 몇 명과 사제 둘이 사라졌습니다."

사제들의 보고를 들은 사도 라울은 지그시 눈을 감았다.

'이게 대체 무슨 일이야? 콘베로마키나가 모두 사라졌다니! 이 차원의 인간들은 물론 마신전에서도 사도가 아니면 존재조차 알지 못하는데. 설마 드워프족이 불량품을 납품한 것은 아니겠지?'

콘베로마키나가 사라진 것도 문제지만 가우디움이 사라진 것에 비하면 아무것도 아니었다.

'이게 대체 무슨 일이야?'

곧 이 세상에 건너올 마신의 분혼을 위해 신전 안팎의 신상에 저장해 둔 가우디움은 물론 시티 전체에 농후하게 퍼져 있던 가우디움까지 모조리 사라졌다.

'이 일을 어쩐단 말인가?'

그렇게 걱정을 하면서 사도 라울은 가우디움이 사라진 것이 아니라고 생각했다.

　　'분명 뭔가 잘못되는 바람에 가우디움이 어딘가로 이동한 걸 거야! 찾아야 해! 콘베로마키나가 사라진 것도 깊은 관계가 있을 것이고.'

　　그럴 리는 없지만 곧 차원을 건너올 마신의 분혼이 이 상황을 알게 되면 자신들은 살아도 산목숨이 아니다.

　　그들이 모시는 크렛은 누구와도 성교를 나눌 정도로 열려 있지만, 맡은 일을 제대로 해내지 못하면 신분 고하에 상관없이 육신은 물론 영혼까지 견딜 수 없는 고통을 선사하는 두려운 신이었다.

　　그 때문에 사도 라울은 제대로 된 판단을 내릴 수가 없다.

　　"모두 잘 들어! 마법진 중 일부가 오작동을 한 것 같다. 그래서 가우디움이나 마기가 우리가 파악할 수 없는 곳으로 이동한 거야! 그러니 마나석 광산부터 시작해서 시티 전체에 깔아 둔 마법진까지 하나하나 확인해야 해!"

　　사라진 신도들과 크렛의 종들은 나중에 찾아도 된다. 마신의 분혼을 소환하는 의식이 코앞이니 일단 가우디움의 종적부터 확인해야만 했다.

　　"네, 사도님!"

　　사제들은 사도의 명령에 따라서 곳곳으로 흩어져서 조사

를 했지만 아무런 이상도 찾을 수 없었다.

　가온의 방문은 시티가 어두워지자 다시 열렸다.
　밖으로 나온 가온은 일행의 방들이 비어 있자 식당으로 향했다. 시간도 그렇고 그곳에 있을 것 같았다.
　그렇게 식당으로 들어간 가온은 반가운 얼굴들을 볼 수 있었다. 바로 샴을 비롯한 설인족 대전사장들이었다.
　그들은 아가르트와 무타 등 묘인족과 호인족 전사들과 대화를 나누고 있었다.
　"온 단장님!"
　샴이 조금 늦게 후원으로 통하는 입구로 시선을 돌렸다가 가온을 알아보고 벌떡 일어났다.
　"오셨군요. 이주는 잘하셨습니까?"
　"네! 단장님 덕분에 안전한 곳으로 무사히 이주했습니다. 게다가 에너지 이변 현상도 사라져서 마화가 진행 중이던 동식물들도 정상을 돌아와서 앞으로 최소한의 삶은 걱정하지 않아도 될 것 같습니다."
　구체적으로 말은 안 했지만 그 추운 설산 산맥 내에도 곡물 재배와 가축 사육이 가능한 따뜻한 장소가 따로 있는 것 같았다.

하지만 그 장소는 샴이 말한 대로 최소한의 삶만 보장되는 곳이다.

풍요로운 삶이 아니라 사람 다운 삶을 위해서는 여전히 필요한 것이 아주 많다. 그렇기에 설인족 전사들은 주기적으로 용병으로 활동하려는 것이다.

"벌써 큰일을 하나 마무리하셨다고요?"

마르앙 시티 건을 말하는 것이다.

"설인족 전사들을 마냥 기다릴 수가 없어서 참여했는데 운이 좋았습니다."

"얘길 들어 보니 아니테라 용병단이 주도한 것이나 마찬가지던데 너무 겸손하십니다. 그 얘기를 듣다 보니 피가 끓어오르더라고요."

"그래서 말인데 이틀 후에 한 가지 일이 더 있습니다. 크게 위험하지는 않을 겁니다."

아니테라에서 실험을 해 봤는데 크렛의 사제, 마전사의 눈빛은 확실히 위험했다.

놈들이 가우디움이라고 부르는 애욕의 기운이 가득 담긴 눈빛은 상대의 색욕을 강하게 자극하는 힘이 있었다.

하지만 아나샤의 축복을 받은 사람들은 전혀 영향을 받지 않았다. 가우디움이라는 에너지는 신성력에는 삿된 기운일 뿐이었다.

가우디움에 자극을 받은 경우에도 축복을 받으면 끓어오

르던 색욕이 연기처럼 사라졌다.

"하하하! 온 훈 님과 함께하는 일이라면 뭐든 하겠습니다!"

샴과 한 테이블에 앉아 있는 아가르타나 무타가 미리 얘기했을 줄 알았는데 안 한 모양이다.

"그런데 전사들이 생각보다 많은 것 같은데 얼마나 데리고 오신 겁니까?"

"전사의 절반을 데리고 왔습니다. 300명이 좀 넘습니다."

단단히 작심한 모양인데 잘됐다. 전력이 강하고 많을수록 피해가 줄어들 테니 말이다.

"마르앙에서 호인족과 묘인족이 꽤 많이 챙긴 것 같은데 저희도 좀 챙겨 주십시오."

설인족 연합족장인 샴이 바라는 것은 그것밖에 없었다.

"당연히 챙겨 드려야지요."

원래 가온은 잘 알지 못하는 이들이 호구라고 생각할 정도로 자신과 관련된 이들은 잘 챙기는 성격이다.

"단장님만 믿겠습니다! 그런데 이 두 사람으로부터 또 다른 뜨거운 얘기를 들었습니다."

"뜨거운 얘기요?"

"아니테라 용병단과 계약한 날에 꼬치구이에 술까지 마셨다고 하더군요."

"푸훗!"

누가 전사 아니랄까 봐 술 얘기를 듣고 회가 동한 것이다. 적어도 몇 년 동안은 마시지 못했고, 이런 여관에서도 팔 술이 없을 정도이니 어떤 심정인지 알 만했다.

"하하하. 그럼 오늘도 먹어 볼까요. 그런데 전사들은 어디에 묵고 있습니까?"

"인원이 많아서 고원 아래에 따로 숙영지를 만들었습니다."

안 그래도 재물이 별로 없는 상황에서 300명이 넘는 거구들이 시티 안에서 먹고 자려면 큰돈이 필요하니 어쩔 수 없는 선택일 것이다.

"그럼 우리도 거기로 갑시다."

"네, 단장님."

묘인족과 호인족 전사들은 편한 잠자리를 포기하는 것임에도 바로 자리에서 일어났다. 그때 먹었던 꼬치구이와 술맛을 잊지 못하는 것이다.

"아! 전사들은 불렀습니까?"

아가르타에게 물었다.

"네. 길드를 통해서 연락했어요. 바로 출발한다고 했으니 내일 오후면 도착할 거예요."

"그런데 숫자가 좀 늘 것 같습니다."

아가르타의 대답에 이어 무타가 말했다.

"전사의 수가 는다고요?"

"그렇습니다. 마르앙 시티에 대한 소문이 퍼졌는지 꽤 많은 전사들이 절 찾아왔습니다. 어차피 함께 움직여야 하니 익스퍼트급 이상으로 한정해서 이번 작전에 동참시키려고 하는데 100명 정도 추가될 것 같습니다."

"호호호. 호인족도 저희와 사정이 비슷하군요. 저희 묘인족도 120명 정도가 추가될 것 같아요."

구심점이 없어서 이곳저곳에 흩어져 있던 묘인족과 호인족이 아가르타와 무타가 이끄는 전사들의 활약을 듣고 마란타로 찾아온 것이다.

아마 마르앙으로 직접 찾아갔거나 찾아가는 이들도 적지 않을 것이다.

"추가 보수는 충분히 챙겨 드리겠습니다."

익스퍼트급 실력자가 200명 이상 늘어나는 것이니 돈을 아낄 필요는 없었다.

"호호호. 저희는 그거면 돼요."

"저희도 마찬가지입니다."

묘인족과 호인족은 이미 마르앙 시티에 자리를 잡기로 했기 때문에 군이 시티의 지분은 필요하지 않았다.

"아! 그리고 낮에 단장님을 찾아온 이들이 있었는데 연공을 한다고 저녁에 오라고 했는데, 어쩔까요?"

그리고 보니 용병길드를 통해 구한 용병대 세 곳과도 얘기를 해야만 했다.

어떻게 해야 할지 고민하고 있는데 마침 세 용병대장이 직접 여관으로 찾아왔다.

"아니테라 용병단의 온 훈이라고 합니다. 연공을 하느라고 두 번 걸음을 하게 만들어서 미안합니다."

"하하하. 아닙니다. 마음이 급해서 일찍 찾아온 저희들이 실수를 했지요. 두보르 용병대를 이끌고 있는 두보르입니다."

"만나서 반가워요. 은십자 용병대를 이끌고 있는 아를이에요. 마르앙 수복에 아니테라 용병단이 얼마나 큰 활약을 했는지는 이미 자세히 알고 있어요."

"큰곰 용병대의 가프스입니다. 들은 얘기보다 더하군요. 제 실력으로는 감히 추측조차 할 수 없는 분이었군요."

세 용병대장은 세간에 퍼진 소문에 별로 언급이 되지 않은 아니테라 용병단의 활약상을 잘 알고 있었다.

"이분은 낮에 보셨을 것 같고, 이분은 우리 용병단과 장기 계약을 한 설인족의 샴 대전사장입니다."

"아! 외모를 보고 짐작은 했습니다!"

세 용병대장은 차례로 샴과 인사를 나누었다.

"그런데 일어나신 것을 보니 어딜 가시나 봅니다."

가프스가 매서운 인상과 달리 서글서글한 미소를 지으며 물었다.

"설인족 전사들이 합류한 것을 기념하기 위해서 시티 밖에 마련한 설인족 숙영지로 가려던 참이었습니다."

"같이 가세요. 오늘만큼은 취할 만큼 술이 있답니다. 그렇죠, 단장님?"

가온의 말이 끝나기가 무섭게 아가르타가 그렇게 말하자 세 용병대장의 눈이 커졌다.

"수, 술이 있단 말이지요?"

"호호호. 그것도 취할 만큼 많이요."

아가르타가 마치 가온의 대변인이 된 것처럼 대답했다.

"저희도 같이 가서 얘기를 나눠도 되겠습니까?"

분명히 첫인상은 무척 차갑게 보였던 가프스가 상기된 얼굴로 물었다.

"그렇게 하십시오. 아! 샴 족장님, 자리가 있겠습니까?"

"하하하. 저희 체구가 워낙 커서 숙영지는 크게 만들었습니다."

"잠시만 기다려 주시면 대원들을 이끌고 올게요."

결국 세 용병대장은 대원들까지 모두 데려오겠다고 서둘러 여관을 나갔다.

오랜만에 술을 마실 기회를 놓치면 대원들에게 무슨 원망을 들을지 몰랐다.

그렇게 인원이 많아지기는 했지만 그날 저녁은 모든 사람들에게 절대로 잊을 수 없는 기억을 선사했다.

정말 오랜만에 먹는 신선한 양과 염소 꼬치구이에 맥주와 와인 그리고 증류주까지 만끽했다.

비록 소드마스터는 없지만 익스퍼트 실력자만 각각 48명, 47명, 55명의 대원들을 보유한 세 용병대는 이번 작전에 적극적으로 참여하기로 했다.

사람들을 모두 취하게 만들 정도의 술을 보유하고 있는 것만으로도 용병들의 마음을 완전히 홀려 버린 것이다.

거기에 이들의 사기를 더욱 높인 것은 바통 시티를 장악하게 되면 오늘과 같은 자리를 한 번 더 마련하겠다고 한 가온의 약속이었다.

가온은 여섯 세력에 식량은 나중에 지급하기로 하고 무구 정비를 위한 자금 1만 굴덴씩을 나눠 주는 것으로 계약을 마무리했다.

트롬 제국의 의뢰

다음 날 정오 무렵.

가온은 시티로 돌아간 세 용병대와 달리 시티에 볼일이 없는 샴 족장을 포함한 설인족 대전사장들과 함께 대형 막사에서 시간을 보내고 있었는데, 전날 밤 얼마나 술을 많이 마셨는지 다들 숙취에 정신을 차리지 못하고 있었다.

물론 그들은 당연히 술독 정도는 가볍게 날려 버릴 실력이 있었지만 오랜만의 숙취도 즐기겠다고 했다.

가온은 명상하는 자세를 취한 상태에서 오랜만에 벼리와 함께 갓상점을 열어 아이쇼핑을 하고 있었다.

'이 스킬은 어때?'

ㅡ6천만 포인트라니 너무 비싸요! 게다가 앞으로 처리할

대상이 고위급 마족들이니 마기를 사용하는 스킬은 좀 지켜보다가 신성마법을 고르는 것이 나아요.

가온은 엄청난 마기를 효과적으로 사용할 스킬을 찾고 있었는데 마음에 드는 것이 보이지 않았다.

그런데 그의 막사를 찾아온 설인족 전사가 손님이 방문했다고 알렸다.

"찾아올 손님이 없을 텐데 이상하네. 누구랍니까?"

"라친다 정보 길드의 마란타 지부장입니다."

그 정도 신분이면 거물이다. 가온은 대륙 중북부에 한정하면 최대 규모의 정보 길드이며 앞으로 도움을 청할 경우가 많다고 판단해서 손님을 막사로 들였다.

"온 훈 단장님, 처음 뵙겠습니다. 테임이라고 합니다."

테임은 무척 평범한 외모의 소유자였지만 눈빛만큼은 무척 강렬한 중년인으로 익스퍼트 상급의 강자였다.

"반갑습니다. 아니테라 용병단의 온 훈입니다."

"라케움 마신전 말살 건도 그렇지만 이번의 마르앙 수복에 대한 얘기를 듣고 크게 감탄했습니다. 아니테라 용병단처럼 막강한 전력을 보유한 세력은 이전에도 듣거나 보지 못했거든요. 아! 그리고 이 다섯 분은 탄 차원에서 건너온 이계 용병들이라고 합니다."

테임이 소개한 다섯 명은 그의 수행원 두 명과는 복색부터가 달랐는데 세 명은 안면이 있었다.

베로트에 도착한 다음 날 여관 식당에서 본 이계인들이다.

'쉬센과 보우라는 이름이었지.'

익스퍼트 최상급 실력자들과 이름은 듣지 못했지만 열화의 마탑 출신의 6서클 마법사인 여인이 바로 그들이었다.

"반갑네. 트롬 제국 근위기사장 레트로 바둔 후작이다. 이분은 트롬 제국의 11황자이신 머트랭 드 보레얀 님이시니 인사하게."

가온은 레트로 후작이 고압적인 태도로 자신과 황자를 소개하는 순간 이맛살을 찌푸렸다. 더구나 황자라는 머트랭은 오만한 태도와 심드렁한 얼굴로 가온을 쳐다보고 있었다.

"하아!"

가온의 입에서 한숨이 흘러나왔다.

60대 초반으로 벌써 노쇠화의 기미가 뚜렷하게 보이는 레트로 후작은 소드마스터 중급이고 40대 초반으로 보이는 머트랭 황자는 익스퍼트 중급에 불과했다. 둘 다 가온이 보지 못했던 자들이다.

"후작은 내가 트롬 제국민으로 보입니까? 왜 날 찾아온 겁니까? 작위 자랑을 하려고 왔습니까? 아니면 협박을 하려고 왔습니까?"

상대의 무례에 기분이 나빠진 가온이 후작을 쏘아보면서 자신의 기운 일부를 방사했다.

"허억!"

가온의 차가운 대응에 막사 안의 분위기가 삽시간에 무겁게 가라앉았다.

그러자 샴과 아가르타, 무타 등 대전사장들도 소드마스터의 강렬한 기운을 함께 방사하며 무기에 손을 얹었다.

장내에 움직이기만 해도 베일 것 같은 살벌한 기운이 가득해지자 레트로 후작이나 머트랭 황자 일행의 얼굴이 파랗게 질렸다.

"테임 지부장님."

"네엣. 단장님."

"대체 나와 아니테라 용병단에 대해서 어떻게 소개했기에 생전 처음 보는 이 작자들이 아랫사람 다루듯 하는 겁니까? 국가가 모두 무너진 지금 세상에 황자나 후작이 무슨 의미가 있습니까? 게다가 이계에서나 황자나 후작이지 맞는지 확인할 수도 없는 사람들이 첫 만남부터 신분을 운운하며 뻣뻣하게 구는 겁니까?"

"그……."

테임도 가온이 이렇게 살벌하게 나올지는 몰랐는지 무척 당황했다. 무엇보다 가온의 말을 자신도 수긍하기에 바로 대응할 수가 없었다.

'무례한 이계인들!'

지난번에 정보 길드를 찾아왔던 놈들도 처음에는 무척 고압적인 태도로 길드원들을 대해서 원성이 자자했었다는 사실이 이제야 생각났다.

"물러가세요! 우리 용병단에 들어온 마리 때문에 라친다의 이미지가 좋아서 반갑게 맞이했더니 뭐 이런 무례한 작자들을…… . 에잇!"

가온은 더 인상을 쓰며 이제 살기까지 방출했다.

"흐읍! 아, 알겠습니다! 실례가 많았습니다!"

심혼을 옥죄는 엄청난 압력과 실제로 몸속으로 파고드는 끔찍한 살기에 테임은 금방이라도 죽을 것 같은 두려움을 느꼈다. 물론 나머지 사람들도 예외는 없었다.

"허억! 헉! 하, 할 말이 있소. 아니, 있습니다!"

가온이 자신의 기운을 방사한 직후부터 북풍한설에 사시나무 떨듯 떨고 있던 황자가 시퍼렇게 질린 얼굴로 간신히 말을 내뱉었다.

그는 가온의 차갑고 살기가 담긴 시선을 감히 쳐다보지 못하겠는지 고개를 숙이고 있었다.

'호오! 제법이네.'

가온은 살기를 집중적으로 받고는 있지만 내심 죽음의 공포에 질려 제대로 몸도 움직이지 못하는 레트로 후작과 달리 있는 힘을 다해 말을 뱉고 있는 황자의 태도에 살짝 마음이 풀렸다.

"나는 예의 없는 자들과는 할 말이 없습니다. 보내 줄 때 가세요."

"미, 미안하, 합니다. 습관이 되어 실례했습니다. 파고르 황자에게 얘기를 듣고 찾아왔습니다."

"파고르 황자?"

"마, 맞습니다. 파고르 황자가 말하길 차원 의뢰를 빨리 완수하려면 온 훈 단장님을 찾아가라고 해서 방문했습니다."

"그런데 파고르 황자도 날 함부로 하지 않았다는 사실은 듣지 못한 겁니까?"

"유감스럽게도 그렇습니다. 다시 한번 사과하겠습니다. 근위기사단에서 훈련과 사냥만 하다 보니 사람을 대하는 게 많이 부족합니다."

명색이 황자가 이렇게까지 굽히고 나오니 더 이상 차가운 태도를 견지할 수가 없었다.

"좋습니다. 사과를 받아들이지요."

가온이 살기와 기운을 거둬들이자 샴 등 일행도 방출했던 기세를 거두었다.

"앉아서 얘기합시다."

막사 안의 분위기가 거짓말처럼 처음으로 돌아오자 하얗게 질려 부들부들 떨던 사람들의 혈색이 조금씩 돌아왔다.

차까지 준비했음에도 황자가 쉽게 입을 열지 않자 가온은 샴 등 대전사장들과 테임 일행에게 잠시 밖에 나가 달라고 양해를 구했다.

자신들의 상황을 솔직하게 모두 털어놓은 머트랭 황자는 이젠 신분을 들먹이지 않겠다는 듯 가온에게 허리를 깊이 숙였다.

"도와주십시오!"

머트랭에게 들은 트롬 제국의 상황은 황실 내분에 휩싸인 다이트 제국보다 훨씬 더 좋지 않았다.

'위험 등급의 던전이 동시다발로 생성될 뿐 아니라 계속해서 던전 브레이크가 발생하다니.'

곧바로 벼리에게 확인해 봤더니 아직 그쪽 무대는 플레이어들에게 열리지 않았다고 한다. 아직도 5국 연합 쪽만 열려 있었다.

트롬 제국은 장자인 대황자의 위치가 확고해서 황위를 두고 골육상잔이 벌어진 염려는 없었지만, 국토의 7할이 험준한 산악 지대라 인구가 적었고 당연히 전사의 수도 적었다. 다만 다이트 제국에 비하면 전사의 평균 실력이 높았다.

전사의 수는 적은데 위험 등급의 던전이 곳곳에서 생성되고 심지어 던전 브레이크까지 빈발하니 제국의 역량으로도 정리하기가 힘들었다.

당연히 수많은 제국민들이 던전에서 튀어나온 마수와 몬스터의 손에 죽거나 다치고 작은 영지나 도시 들도 파괴되는 상황이었다.

그런 참에 차원 용병의 자격을 획득한 유일한 황자인 머스탱은 익스퍼트 중급에 오른 지 얼마 되지 않아서 상급이 되어 돌아온 파고르 황자의 소문을 듣고 개인적으로 연락을 취했다.

그리고 그로부터 마툰 차원을 기준으로 4년이 지나도록 완수할 자신이 없었던 차원 의뢰를 아니테라 용병단의 도움으로 해결할 수 있었다는 얘기를 들은 것이다.

그런 이유로 머스탱 황자는 이전에 차원 의뢰를 맡은 기사들과 같은 의뢰를 선택하고, 레트로 후작과 함께 마툰 차원으로 건너와서 곧바로 라친다 정보길드를 통해서 아니테라 용병단을 찾은 것이다.

"목표에 대한 정보는 수집했습니까?"

"네! 다행히 먼저 건너온 이들이 정보를 열심히 수집해 두었습니다. 총신전은 바랏 시티에 있으며 신전 지부는 총 51개로 다른 마신전에 비하면 적은 편이고, 사제나 마전사의 실력도 낮은 편이지만, 색심을 끓어오르게 만드는 스킬을 사용하기 때문에 처리하기가 무척 어렵다고 합니다."

"귀측의 전력은 어느 정도입니까? 최소한 총신전을 단독으로 정리할 정도는 되어야 공헌도를 인정받을 수 있을 텐데요."

"전원 익스퍼트급 실력자로 400명을 모았고 여기 있는 레트로 후작을 비롯해서 소드마스터가 세 명입니다. 마법사는 4서클 이상으로 54명인데 7서클이신 람버스 마법사께서 이

끌고 계십니다. 또한 순결의 여신 아트로를 모시는 사제단이
도와주기로 했습니다."

사제들이 개인이 아니라 단체로 가세했다니 전력 자체는
약하지 않았지만 그 많은 지부를 상대하기에는 부족했다.

"다른 용병을 더 구하고 싶은데 요즘은 금전이 아니라 식
량을 원하는 경우가 대부분이라서 어려움이 있습니다."

마신 라케움의 신전을 모두 말살했음에도 식량 사정은 여
전히 좋지 않았다.

해당 지역의 에너지 이변 현상이 사라졌지만, 곡물이나 채
소를 수확할 때까지는 시간이 더 필요했다.

"안타깝군요. 소드마스터를 구하기는 어렵겠지만 그래도
익스퍼트 급은 되도록 많아야 할 텐데 말입니다."

"그래서 말인데 제가 탄 차원에서 가져온 보물들이 있습
니다. 이곳 시가를 쳐 드릴 테니 식량을 팔아 주시지 않겠습
니까?"

그러면서 아공간 주머니에서 꺼낸 건 금괴였는데 아공간
을 가득 채웠는지 끝없이 나왔다.

－3킬로그램짜리로 500개야.

언제 나타난 건지 카오스가 숫자까지 세어서 알려 주었다.
탄 차원은 물론 이곳에서도 엄청난 가치를 가진 금괴들이다.

－밀의 경우 5킬로그램 용량으로 10만 자루, 호밀과 보리
는 30만 자루를 주면 돼.

언제 파악한 것인지 시세까지 알고 있었다.

"좋습니다. 얼마나 원하십니까?"

"작은 자루를 기준으로 밀, 호밀 그리고 보리로 3만 자루씩, 그리고 도축을 한 성체 양과 염소 3천 마리씩을 원합니다."

작은 자루가 바로 3킬로그램짜리다.

─그 정도면 많이 남는 장사야.

카오스의 조언을 들은 가온은 고개를 끄덕였다.

"좋습니다. 그렇게 하지요."

일단 금괴부터 챙긴 가온은 밀부터 차례로 꺼내 주었고 머트랭이 원하는 육고기까지 건네주었다.

곡물이야 아니테라에서 과잉 생산되고 있었고 도축을 한 육고기의 경우 기회가 날 때마다 식량을 챙겨 왔던 가온에게는 크게 표가 나지 않은 양에 불과했다.

"이제 남은 건 아니테라 용병단을 위한 보물이군요. 이것들을 준비했습니다."

머스탱 황자가 품속에서 꺼낸 다른 아공간 주머니에는 두 개의 아이템과 한 책자가 들어 있었다.

전설 등급의 보검인 아르테타.

아르테타는 전설 등급답게 내구성도 뛰어났지만 한 가지 특수 효과가 더 있었다. 바로 검이 베거나 찌른 상대의 마나를 일정량 흡수하는 것이었다.

'다수의 적을 상대할 때 유용하겠네.'

이젠 검이 없어도 오러 블레이드를 만들어 낼 수 있는 가온의 수준에서 보면 크게 끌리지 않지만 소드마스터까지의 검사들에게는 그야말로 꿈에 그릴 법한 보물이다.

그런데 두 번째 아이템을 본 가온의 눈이 강렬해졌다.

전설 등급의 무적 방어구 세트.

의지로 형태나 색상까지 바꿀 수 있는 방어구 세트는 계륵과 같은 특수 효과가 있었다.

'5초 동안 모든 공격을 방어한다?'

5초는 무척 짧은 시간이다. 많은 적을 상대하는 전투 중이라면 큰 효과가 없을 것이다. 그래서 전설 등급이기는 하지만 머스탱 황자가 내놓을 수 있는 것이고.

'하지만 내게 5초는 엄청난 시간이지!'

누구보다 보신(保身)에 신경을 쓰는 가온에게는 그 어떤 보물보다 마음에 드는 아이템이다.

"이 책은 뭡니까?"

가죽인 것 같은데 표면이 매끄러운 암갈색의 수십 개의 낱장을 엮어서 만든 책의 표지에는 기어가는 것 같은 그림 문자로 혼돈(混沌)이라고 적혀 있었다.

"황실 비고가 만들어졌을 때부터 전설 등급의 아이템들과 함께 보관되어 왔다고 하는데, 수많은 학자와 마법사가 꾸준히 연구를 해 왔지만 사용된 언어를 해독할 수 없었습니다. 다만 초대 황제께서 소중하게 간직하셨다는 말이 내려와서 가치가 클 것으로 생각해서 가지고 왔습니다."

자신은 플레이어의 특전으로 문자를 읽을 수 있었지만 탄 차원인들은 전혀 해독하지 못한 것이다.

"흐음. 제국의 수많은 학자와 마법사가 오랜 시간 공을 들여서 연구를 했는데도 아무것도 찾아낸 것이 없다니 신기하네요. 좋습니다. 전폭적으로 돕지요."

가온은 총신전을 제외하고 51개의 신전 지부 중 이동 거리가 먼 외곽의 45개를 맡아서 처리해 주겠다고 약속했다.

'어차피 해야 할 일이니까.'

"역시! 단장님을 찾아오길 잘했군요! 나중에 탄 차원으로 돌아가면 파고르 황자에게 감사의 선물을 전해야겠습니다!"

머스탱은 가온이 크렛의 마신전 중 외곽에 해당해서 이동 거리가 먼 지부 대부분을 처리하겠다고 약속하자 크게 기뻐했다.

아무리 식량을 많이 확보했다고 해도 구할 수 있는 전력에는 한계가 있었다.

거기에 그렇게 구한 전력으로 그 많은 신전 지부들을 찾아다니면서 부수는 것은 불가능했다.

"그 대신 먼저 할 일이 있습니다."

"뭡니까?"

"에버라이트 용병단의 의뢰를 받아서 내일 바통 시티에 있는 크렛의 마신전 지부를 공격하기로 했습니다. 여러분도 한

손 거드십시오."

"여부가 있겠습니까!"

트롬 제국 측 입장에서 보면 아직 본격적으로 마신 크렛의 추종자들을 상대해 보지 않았기에 실전 경험을 위해서도 그렇고 상대에 대한 정보도 많이 얻을 수 있는 기회였다.

바통 시티 공략

바통 시티의 남서쪽에 위치한 과수원. 푸르고 무성한 나뭇잎 사이로 다양한 과일이 뜨거운 햇살에 익어 가고 있었다.

익은 과수를 처리하기 위해 조성한 커다란 공터에는 수천 명의 전사와 마법사 들이 어깨를 마주할 정도로 밀착한 상태로, 거목의 그루터기를 바라보고 있었다.

전투에 앞서 이곳에서 의식을 거행한다는 소리는 들었지만 의식의 내용을 모르기에 다들 궁금한 얼굴이었다.

그래도 불만은 없었다.

초대형 텔레포트 마법진을 통해 자신들을 이곳으로 이동시킨 아니테라 용병단이 장담했던 것처럼 이곳의 대기에는 마기가 거의 느껴지지 않았다.

사람들은 아니테라 용병단에서 공격에 앞서 에너지 이변 문제를 해결했음을 확신할 수 있었다.

마나를 회복하는 데 방해가 되는 농후한 마기만 아니면 마신의 추종자들과 충분히 싸워 볼 만했다. 그렇기에 사람들의 사기는 크게 높아져 있었다.

그때 새하얀 성의(聖衣)를 입은 아나샤가 가볍게 바닥을 차고 2미터 높이의 커다란 그루터기 위로 날아올랐다.

사람들은 아나샤의 인상착의를 확인하기 전에 그녀의 머리 뒤에 떠오른 후광에 놀라움과 함께 경의심을 품고 태도를 바로 했다.

"우트님의 축복이 그대들에게 임하시니 잠시지만 그대들을 성전사로 만들어 주리라!"

아나샤가 그렇게 외친 순간 눈을 뜨고 바라볼 수 없을 정도로 강렬한 신성한 빛이 1천 명이 넘는 사람들의 몸을 감싸더니 몸 안으로 흡수되었다.

멀리 떨어진 곳에서 그 모습을 바라보고 있던 순결의 여신 아트로의 사제들은 경악한 얼굴을 감추지 못했다.

축복의 효과는 아주 대단했다.

삿된 기운의 침투를 막아 주는 신성한 힘에 더해서 육체의 힘을 강화하는 버프 효과는 물론 자잘한 상처는 단번에 낫게 하는 치료 효과와 용기와 투기를 강화하는 효과까지 있었다.

하지만 이렇게 많은 사람에게 축복을 내리는 건 아무나 할

수 있는 것이 아니다. 신의 대리자가 아니면 할 수 없는 능력
이다.

"성녀다!"

신전이라고 해서 모두 성자나 성녀를 보유한 것은 아니다.
교국이나 성국 등 엄청난 교세를 가진 종파에만 그런 이들이
있다.

순결의 여신 아트로의 신전만 해도 오랫동안 성자나 성녀
가 탄생하지 않았다.

그나마 대주교가 수십 명을 대상으로 축복에 준하는 강대
한 신성력을 발휘할 수 있어 그나마 교세를 이어 왔다.

"우트라는 이름의 신은 한 번도 들어 보지 못했는데……."

"쯔쯧! 축복의 현장을 목격하고도 신의 존재를 믿지 못하
는 것이냐?"

사제들이 믿을 수 없다는 얼굴로 웅성거리자 주교인 라타
시아가 일갈해서 조용히 시켰다.

다른 신의 이적을 보는 것은 처음이지만 아나샤의 축복
은 이 자리에 없는 대주교조차 발휘할 수 없을 정도로 강력
했다.

그때 아나샤가 그루터기에서 내려가고 바통 시티의 공략
을 총지휘하기로 한 에버라이트 용병단의 테우번 단장이 올
라왔다.

"우트 여신께서 내리신 축복은 1시간 동안 지속된다! 그러

니 최대한 신속하게 마신의 추종자를 처리해야 한다! 작전 지점으로 이동하는 즉시 공격을 개시한다! 에버라이트, 수인족, 용병 연합 순으로 텔레포트진 쪽으로 이동해!"

다른 도시로 통하는 길이 있는 남문과 동문 그리고 서문은 각각 에버라이트 용병단, 수인족, 그리고 트롬 용병단에 이번에 계약한 세 용병대의 연합세력이 맡았다.

그리고 협곡과 연결되는 북문 쪽은 아니테라 용병단이 맡기로 했다.

다만 이곳 과수원에서 공격할 문까지는 거리가 상당하기 때문에 아니테라 용병단이 준비한 텔레포트 마법진을 이용하기로 한 것이다.

대응 텔레포트 마법진은 문과 불과 50미터 거리에 준비되어 있었는데, 바통 시티의 세 문을 지키는 마신의 추종자들은 그 마법진의 존재를 전혀 알아차리지 못했다.

새벽에 카오스가 돌풍을 생성해서 문 쪽에 배치된 마전사들의 눈과 귀를 가린 사이에 가온과 아레오가 미리 제작해서 분리해 둔 마법진 석판을 수평을 맞추어서 설치하고 카오스가 흙으로 덮어 두었다.

한 줄기 돌풍이 홀연히 불어와 문 쪽으로 흙가루를 날려 사제와 마전사 들이 몸을 숨긴 사이에 강력한 마나 유동과 함께 마법진이 활성화되면서 테우번이 이끄는 에버라이트 용병단의 정예들이 차례로 나타났다.

"공격!"

남문에 배치된 사제들은 강력한 마나의 유동을 느꼈지만 거센 돌풍에 바로 조사를 하지 못하고 있었다.

그때 막 텔레포트한 에버라이트의 정예들이 날듯이 달리기 시작했다.

마나를 사용하는 이들에게 50미터의 거리는 순식간에 이동할 수 있었지만 선공은 그들이 아니었다.

"파이어 볼!"

"매직 미사일!"

"아이스 스피어!"

전사들과 함께 도착해서 자리를 잡고 주문을 영창한 마법사들이 날린 다양한 마력 투사체들이 먼저 남문을 집중적으로 타격했다.

꽈앙! 와지직!

두꺼운 성문이 성벽 일부와 함께 박살이 나 버렸고 사제 둘과 마전사 열 명이 파편과 함께 처참한 모습으로 날아갔다.

땡땡땡땡!

성문 보루에 걸린 종이 미친 듯이 울리기 시작하고 성문 근처에 있던 사제와 마전사 들이 성문으로 모여들기 시작했을 때는 이미 에버라이트 용병단의 정예 전사들이 부서진 성문을 통과하고 있었다.

"색안(色眼)!"

에버라이트 용병단원들을 맞이한 마신 크렛의 사제들은 물론 마전사의 절반은 성문을 중심으로 타원을 그리며 넓게 포진한 상태에서 마신 크렛이 권능으로 부여한 특별한 성질의 마기를 눈에 집중시켰다.

그리고 나머지 절반은 그들의 뒤에서 무기를 들고 공격할 태세를 갖추었다.

색안은 크렛의 추종자들만이 발휘할 수 있는 특수한 스킬 중 하나로 눈빛을 마주친 상대는 도저히 참을 수 없는 색욕에 빠지게 된다.

피가 끓어오르고 머릿속에는 오직 암컷 혹은 수컷을 찾아서 교합을 해야 한다는 생각만 가득 차게 되는 것이다.

지금까지 다소 무력이 낮았던 크렛의 추종자들이 다른 마신의 추종자들과 대등하게 경쟁할 수 있었던 근본적인 이유가 바로 색안 스킬에 있었다.

색안에 걸리면 성욕 때문에 전투에 집중할 수 없었고, 색안을 피하려면 눈을 가리는 수밖에 없으니 상대하기가 여간 어려운 것이 아니었다.

에버라이트 용병단원들도 처음에는 무척 긴장했다. 마신 크렛의 추종자들이 사용하는 색안의 위력을 잘 알고 있었기 때문이다.

색안을 마주 보면 미칠 것 같은 성욕이 끓어올라서 상대를

히든랭커

가리지 않고 성교를 나누게 되고, 끊임없이 정을 방출하다가 결국 말라 죽고 만다는 이야기는 사람들 사이에 널리 퍼져 있었다.

'괜찮을 거야! 성녀님의 축복을 받았잖아!'

이름을 들어 보지 못한 여신이라고 해도 상관은 없었다.

성국의 성황이나 교국의 교황까지는 아니더라도 신의 대리인이라는 성녀가 아닌가. 그런 성녀가 내려 준 축복이니 믿어야만 했다.

"괜찮아! 색안의 영향이 전혀 없어!"

가장 먼저 사제들과 눈을 맞춘 테우번이 소리쳤다.

그에 전사들은 용기를 내어 상대의 눈을 바라봤는데 잠시 몸이 뜨거워지는 것 같았지만 소문으로 들었던 감각은 느껴지지 않았다.

성녀가 내린 축복 덕분에 가장 두려운 색안을 극복할 수 있다는 것을 확인한 순간 에버라이트 용병단원들의 사기가 확 올라갔다.

"죽여라!"

기사 출신이거나 기사 수업을 받은 에버라이트 용병단의 전사들은 색안이 통하지 않아서 당황한 사제들을 향해 쇄도했다.

에버라이트 용병단을 시작으로 수인족과 용병 연합까지

성문을 공격하자 경계를 맡은 마신의 사제와 마전사 들은 그야말로 추풍낙엽처럼 무너졌다. 무력의 차이는 물론이고 전력의 차이가 그만큼 엄청났다.

이쪽에는 소드마스터를 포함해서 익스퍼트 실력자들이 즐비한 데 반해서 마전사는 태반이 익스퍼트도 아니었다.

성문을 지키는 마신 크렛의 사제와 마전사 들은 색안 스킬만 펼칠 수 있었는데, 그게 통하질 않아 순수한 무력으로만 상대해야만 하니 속절없이 죽어 갈 수밖에 없었다.

그나마 사제들이 거는 저주와 같은 흑마법이 위험했지만 각 세력이 포함된 순결의 여신 아트로의 사제들이 해주(解呪)하거나 막아 주니 마전사 정도는 순식간에 쓸어버릴 수 있었다.

세 성문에서 발생한 변고와 함께 성문이 열리거나 부서지고 성문을 사수해야 할 사제와 마전사 들이 학살당하고 있다는 소식을 접한 대사도 라울은 크게 당황했다.

'설마 우리가 마신님의 분혼을 소환하는 의식을 치른다는 사실을 알고 쳐들어온 걸까?'

아니다. 그럴 가능성은 거의 없었다. 설사 그렇다고 해도 지금은 신경을 쓸 겨를이 없었다.

'적의 정체는 알 수 없지만 각 문에 배치된 사제와 전사 들을 이렇게 빨리 처리하는 것으로 봐서 서둘러야 해!'

이런 상황이 벌어질 줄은 전혀 예상하지 않았다. 그저 곧

이 세상으로 건너올 마신의 분혼을 위해서 준비한 가우디움이 사라져서 찾는 것에만 집중하고 있었다.

'그나마 전화위복이 되었군.'

라울은 분혼이 소환되기 전에 사라진 가우디움을 찾기 위해서 인근 지부에서 각각 사제 200명과 마전사 2천여 명을 거느린 사도 둘을 텔레포트 마법진을 통해서 불러들였다.

만약 그렇게 조치하지 않았다면 바통 마신전은 속절없이 무너지고 마신의 분혼을 소환하는 의식조차 치르지 못했을 것이다.

"놈들이 동시에 시티 안으로 들어오면 막기가 힘듭니다. 당장 지원을 보내야 합니다!"

"그러다가 이곳이 위험해지면 어쩌려고 그래요! 일단 별일이 없는 북문의 전력을 둘로 나눠서 동문과 서문 쪽을 지원하는 것이 나을 거예요!"

지원을 나온 두 사도가 나름의 방안을 내놓았지만 대사도인 라울의 생각은 달랐다.

"테로드, 당장 제물들을 세 문으로 이동시켜! 적을 몸으로 막아서 적의 진격부터 늦춰!"

사도는 색안이 통하지 않는 인간들이라면 필경 이 땅의 신이 부리는 종자들일 거라고 생각했다.

그자들의 사고방식은 잘 알고 있었다. 그들은 명분을 중요시하기 때문에 자신처럼 마족이거나 마신의 신자가 아니면 감히 손을 대지 못한다.

그동안 마신의 분혼을 위한 가우디움을 만들어 내기 위해서 끊임없이 성교를 하느라고 정혈이 거의 사라진 인간들이라서 전투 능력은 거의 없지만, 그래도 인간 사슬을 만들면 상대의 공격을 어느 정도 지체시킬 수 있을 것이다.

그럼 새벽녘에야 이곳으로 건너와서 지금 제물들의 성교를 통해서 나온 가우디움을 흡수하고 있는 두 사도 휘하의 사제와 마전사 들이 적을 상대할 수 있었다.

바울의 명령에 휘하 사제들이 다급하게 뛰어나갔다.

사실 가우디움이 사라진 시기부터 대기 중의 마기가 빠르게 사라지자 강한 위협을 느낀 사도 바울은 제물들을 특별한 마법진이 설치되어 있는 신전 주위의 가건물들에 몰아넣은 상태였다.

색향에 취한 제물들은 가건물에서 상대를 바꿔 가면서 끊임없이 성교를 통해 생명력과 함께 가우디움을 방출하고 있었고, 그 가우디움은 마법진을 통해서 본전 지하에 있는 두 사도 휘하의 전력에 전해지고 있었다.

"에우른 사도는 신전을 보호하는 마법진을 가동하고 레베프크 사도는 당장 지하의 사제와 전사들을 깨워! 대사제를 뺀 세 부대는 세 문으로 보내고 나머지 한 부대는 신전 밖에 배치해! 각 부대는 적과 바로 교전하지 않고 제물들이 나오길 기다렸다가 놈들을 앞장세워!"

"네, 바울 님!"

한 부대는 보통 대사제가 이끄는데 보통 사제 100명과 전사 1천으로 편성된다.

그리고 사도는 보통 두 부대 혹은 세 부대를 지휘하는데, 마신 크렛의 추종자들은 규모가 작은 편이라 한 사도가 두 부대를 지휘한다.

명령이 떨어지자 분홍색 머리칼과 분홍색 동공을 가진 풍만한 몸매의 에우른 사도는 50여 명의 사제를 이끌고 신전을 황급히 빠져나갔고, 끝부분이 부러진 중앙의 뿔이 인상적인 레베프크 사도는 지하로 통하는 계단 쪽으로 달렸다.

얼마 후, 레베프크 사도가 지하에서 피곤한 기색이 완연한 얼굴을 하고 있는 400여 명의 사제와 4천여 명의 전사를 이끌고 올라와서 신전을 빠져나갔는데 원래 이들을 이끌던 대사제 네 명이 남았다.

사도 바울은 신전 안에 남은 네 명의 대사제와 100여 명의 고위급 사제들을 대상으로 명령을 내렸다.

"너희들은 나와 함께 소환 의식을 서두르자!"

"네에!"

홀연히 사라진 가우디움의 행방을 찾는 건 나중 문제다. 곧 건너올 마신의 분혼께 벌을 받는 한이 있어도 지금의 위기를 벗어나기 위해서는 분혼을 소환해야만 했다.

이미 분혼의 소환을 위한 의식은 대부분 끝난 상태다.

마지막으로 자신과 사제들의 마기와 생명력을 주입하면 의식은 완성된다.

사도 바울은 사제들과 함께 소환 마법진의 코어에 자리를 잡고 앉아서 마법진에 마기와 생명력을 주입하기 시작했다.

'시간 싸움이다!'

분혼이라고는 해도 마신의 권능을 어느 정도 발휘할 수 있으니 인간들 따위야 순식간에 색의 노예로 만들 수 있다.

그렇게 되면 정체불명의 적들이 이제 효용성이 크게 떨어진 제물들을 모두 죽인다고 해도 자신들이 제물이 되어서 분혼의 힘이 되어 줄 것이다.

그렇다고 해도 벌은 피할 수 없을 것이다.

'마신의 하룻밤 상대가 되어야 할지도……'

분혼이라고 해도 마신과 하룻밤을 보내면 그는 더 이상 사도의 직위를 누릴 수 없게 될 것이다. 최악은 마기와 정혈을 모두 빨려서 미라가 될 것이고 잘해야 사제 정도의 능력만 발휘할 수 있을 것이다.

벌은 받고 싶지 않았지만 어쩔 수 없었다. 그의 육체와 영혼은 이미 오래전에 크렛의 것이 되었으니 말이다.

마신 크렛의 분혼

　시르네아가 이끄는 전단원들에게 마나석 광산을 정리하는 임무와 북문 공략을 맡긴 가온은 혼자서 이미 신전과 가까운 지점까지 침투한 상황이었다.

　물론 마기를 방출하면서 투명화 스킬에 무음보까지 사용해서 이동했기에 마신 크렛의 추종자들은 누구도 그의 침투 사실을 알아차리지 못했다.

　가온은 막 신전을 빠져나와 신전을 빙 두른 형태의 도넛 형태의 거대한 가건물로 향하는 일단의 사제들을 보고 잠시 고민했다.

　'저 건물에는 지금도 성교에 빠져 있는 사람들이 있는데 뭘 하려는 거지?'

사제들만 있는 것을 보면 죽이려는 것은 아닐 것 같았지만 사제들의 얼굴을 보면 좋은 의도는 아닌 것 같았다.

　일전에 시험을 위해서 납치한 사람들은 신성력에 의해서 정신을 차렸다.

　그리고 그동안 자신이 무슨 짓을 했는지 전혀 기억하지 못했다.

　색안, 색음, 색향 스킬은 그 정도로 강력한 효과를 가지고 있었다.

　그런데 몸 상태가 아주 나빴다. 체내의 정혈이 절반 이상 방출되어 비쩍 곯아 버린 상태라서 당장 숨이 끊어진다고 해도 이상하지 않았다.

　일단 생물 전용 아공간에 다시 넣어 두기는 했는데 나중에 어떻게 처리를 해야 할지 모르겠다.

　가온은 고민하지 않을 수 없었다.

　'분명히 신전에서는 마계의 존재를 소환하고 있을 텐데. 그렇다고 수만 명에 달하는 사람들을 그냥 두고 보기도 힘들고.'

　짧은 순간 고심하던 가온은 마음의 결정을 내리고 가건물 안으로 잠입했다.

　'빌어먹을!'

　가건물 안은 정상적인 사람이라면 감히 쳐다볼 수 없을 정도로 끔찍한 장면이 펼쳐지고 있었다.

수없이 많은 사람들이 남녀를 가리지 않고 달라붙어서 성교를 하고 있었다.

물론 이럴 줄은 어느 정도 예상했기에 큰 충격은 받지 않았지만 피골이 상접한 사람들이 거의 의식이 없는 상태에서 생명력과 정혈을 불태우면서 성교를 하는 모습은 성적으로 전혀 자극이 되지 않았다. 오히려 고문을 받는 것처럼 느껴져서 안쓰러웠다.

사제들은 일정한 거리를 두고 서서 주문을 외우고 있었는데 주문을 들은 사람들은 성교를 멈추고 알몸인 상태 그대로 마치 좀비처럼 부자연스러운 움직임으로 문 쪽으로 이동하기 시작했다.

가온은 사제들의 의도를 금방 눈치챘다.

'이들로 하여금 공격로를 틀어막겠다는 심산이네.'

공격하는 쪽에서는 아무리 의식이 없는 상태라고 해도 이렇게 헐벗은 사람들을 사정없이 베어 버리긴 힘들 것이다.

마신의 종자라면 몰라도 이들은 누가 봐도 희생자였기 때문이다.

가온은 녹스를 소환해서 수면독을 사용해 달라고 부탁을 하는 한편 천장이 높은 가건물의 공간을 이용해서 날아다니면서 사람들의 정신을 조종하는 주문을 외우고 있는 사제들을 마나탄으로 처리했다.

주문에 집중하고 있던 마신의 사제들은 가온의 마나탄을

인지하지도 못하고 머리통이 부서졌지만 성교에 빠져 있는 사람들은 의식이 거의 없었기에 비명은 전혀 나오지 않았다.

서두른다고 서둘렀지만 사제 모두를 처리하는 데 시간이 꽤 오래 걸렸다. 밀도가 높다고는 했지만 무려 3만이나 되는 사람들을 수용했던 만큼 신전을 감싸는 도넛 형태의 가건물이 너무 컸기 때문이다.

그렇게 사람들을 다 구했을 때였다.

고오오오!

엄청난 마기가 신전 쪽에서 용솟음쳤다.

"이런!"

엄청난 존재감이 느껴지는 것을 보면 마계의 고위급 마족이 소환된 것이 분명했다.

가온은 서둘러 가건물을 빠져나왔다가 신전 전체가 엄청난 마기로 뒤덮인 것을 보고 이를 악물었다.

비록 사람들을 구하느라고 소환 의식을 막지 못했지만 후회할 필요는 없었다.

'아직 늦지 않았어!'

가온은 곧바로 열려 있는 신전의 문 안으로 날아 들어갔다.

역시 신전 중앙의 신상이 강렬한 빛과 함께 마기를 뿜어내고 있었는데 흩어지는 것이 아니라 신상을 향해 다시 흡수되고 있었다.

'설마 마신의 분혼이 신상에 빙의한 건가?'

신상을 확인하지 못해서 확신할 수 없지만 마신 테라르의 추종자들이 그랬던 것처럼 분혼을 위한 특별한 육체를 마련했을 가능성이 아주 높았다.

다만 뜻밖이었던 것은 소환 의식을 주재한 것으로 보이는 사도급 마족은 물론 100명이 넘는 사제들이 모두 미라가 되어 있었다는 점이다.

생명력은 물론 마기까지 모조리 소환된 존재에게 흡수당한 것이다.

'제 신도를 제물로 사용했군. 서두르자!'

분혼이 빙의한 건지 아니면 마계의 고위급 마족이 소환된 것인지는 알 수 없지만 시간이 없었다.

가온은 스킬 강화와 영력을 사용해서 B등급인 홀리 스페이스를 S등급으로 높인 후 빠르게 빛이 약해지고 있는 신상을 향해 펼쳤다.

'우웃!'

놀랍게도 신성을 중심으로 펼친 홀리 스페이스 스킬이 제 위력을 발휘하지 못했다. 엄청난 밀도의 마기가 신성력을 밀어내고 있었다.

가온은 더 많은 신성력을 주입하는 한편 왼손으로 전력을 다해서 성화구를 만들었다. 그리고 위험을 감지했는지 순식간에 빛이 사라지고 두꺼운 마기에 휩싸여 있는 신상을 향해 던졌다.

화르르륵!

사람의 상반신 크기에 달하는 성화구가 마기에 가려진 신상을 집어삼키자 신상은 백색의 화염에 휩싸였다.

-천족이더냐? 호호호! 하지만 겁이 없구나. 감히 내 영역에 들어오다니!

머릿속으로 색기가 농후한 여인의 의념이 전해지는 순간 가온은 갑자기 늪 속에 빠진 것처럼 몸을 움직일 수 없게 되었고 의식도 빠르게 가물가물해지는 것을 느낄 수 있었다.

정신을 차리려고 했지만 의식은 빠르게 흐릿해졌다.

가온은 흐릿한 의식 속에서도 자신이 사랑하는 여인과 성교를 하고 있음을 인지했다.

다만 상대 여인이 모둔인지 아레오인지 아니면 아나샤인지는 잘 모르겠다.

확실한 건 지금 성교하고 있는 여인을 너무 사랑하고 있다는 것이다. 이 여인을 위해서라면 목숨을 내놓아도 좋을 만큼 사랑하고 있다.

가온은 본능적으로 음양대법을 펼치고 있었다. 아레오와 아나샤를 상대로 이미 마스터 경지를 맛봤기에 그는 자연스

럽게 대법을 펼치며 사랑하는 여인을 황홀한 쾌락의 세계로
인도하고 있었다.

물론 자신 역시 황홀한 쾌락의 파도를 타고 있었다.

이대로 죽어도 여한이 없을 것 같은 극한의 쾌감이 수시로
그의 몸과 영혼을 잠식했다.

그렇게 쾌감에 절어 있는 사이에 가온이 그동안 축적한 에
너지가 빠르게 여인의 몸을 흡수되고 있었다.

가장 먼저 마기가 빠져나갔고 그다음에는 마력 그리고 음
양기의 순으로 흘러나가고 이제 영력과 신성력만 남은 상태
였다.

그때 이제까지 알아들을 수 없는 낮은 비음만 토하면서 가
온의 몸과 영혼을 옭아맸던 여인이 기쁨을 참지 못하고 소리
를 냈다.

"하아앙! 죽을 것처럼 좋아! 이렇게 농후한 마기와 마력
그리고 마나를 가진 인간이라니! 족히 100년의 수련은 단축
할 수 있겠어! 호호호! 소환되자마자 이런 제물이 기다리다
니 내가 정말 운이 좋구나!"

그 소리를 들은 순간 가온은 의식의 한 자락을 되찾을 수
있었다.

'내 여자가 아니야!'

거의 매일 음양대법을 함께 연공하던 세 여인은 분명히
아니었다. 그녀들은 자신의 에너지를 전혀 탐하지 않으니

말이다.

게다가 외모나 몸매도 그의 기준에서는 최고가 아니었다. 극미(極美)라고 표현할 정도의 미모와 몸매의 소유자인 모든 도 있었고, 성적 매력에 있어서는 최고라고 할 수 있는 서큐 버스 퀸인 앙헬에도 미치지 못했다.

당연히 상대는 이미 정신을 차린 가온을 다시 홀리지 못했다. 물론 그럼에도 불구하고 그의 몸과 마음을 자석처럼 사정없이 끌어들이고 있지만 말이다.

가온은 흐릿한 의식 속에서도 자신과 성교를 하고 있는 상대가 마신 크렛의 분혼이라는 사실을 알아차렸다.

순간 가온은 윗니로 아랫입술을 깨물었고 그 통증으로 인해 아주 잠깐 정신을 차릴 수 있었다.

일단 몸을 움직이려고 시도했는데 상대가 두 팔과 두 다리로 그의 몸을 꽁꽁 옭아매고 있는 상태였고 무슨 짓을 했는지 모르겠지만, 지금은 허리 정도만 움직일 수 있을 뿐 팔다리에 전혀 힘이 들어가지 않았다.

체내의 음양기가 모두 빠져나갔다는 사실을 인지한 순간 가온은 한동안 잊고 있었던 환희대법을 떠올렸다.

환희대법은 아나샤가 갓상점에서 구입했는데 A등급이었지만 음양대법을 완성한 그들로서도 연공하기가 난해해서 몇 번 시도하다가 포기한 스킬이었다.

환희대법은 성교를 하면서 서로의 음기와 양기를 교환함

으로써 궁극적으로는 자신의 기운을 키우는 것이 요체인 음양대법과 달리, 상대의 기운을 완전히 흡수한 후 자신의 기운과 반응을 시켜 강화한 후 되돌려 주는 것이 요체였다.

하지만 단순히 성교를 통해서 서로의 기운을 키우는 스킬이 아니다.

영혼의 일부까지 교환하기 때문에 상대가 연인이라면 서로에 대한 애정을 더욱 강화할 수 있었다.

그럼에도 불구하고 연공을 포기한 이유는 상대의 기운을 한 점도 남기지 않고 흡수하거나 자신의 기운을 몽땅 상대에게 방출해야만 한다는 점에 있었다.

그 순간에는 육체적인 쾌감은 물론 정신적인 쾌감까지 극한에 달해서 어지간한 정신력이 아니라면 쾌락에 젖어서 의식을 유지할 수 없었다.

그렇게 되면 이후의 연공을 할 수가 없어서 상대의 기운에 이어서 정혈과 생명력까지 모조리 흡수해서 죽게 만들 수 있었기 때문이다.

흐름을 제어하려면 극도의 쾌감 속에서도 연공을 지속할 정도의 정신력이 있어야만 했다.

실수할 가능성이 너무 컸다. 일단 환희대법을 펼치게 되면 상대의 의지와 상관없이 음기나 양기를 모조리 흡수할 때까지 멈출 수가 없었고, 그동안 체내로 들어온 음기와 양기를 의도적으로 자신의 양기와 음기와 반응을 시켜서 증폭해야 하는데, 그 과정에서 육체와 정신이 느끼는 쾌감의 정도가 너무 강해서 집중력이 풀어질 가능성이 높았다.

하지만 지금은 실수를 해도 전혀 상관이 없었다.

가온은 다시 흐릿해지려는 정신을 이를 악물고 붙잡아서 환희대법을 펼치기 시작했다.

'비워야 채울 수 있다!'

이제 영력이 빠져나가고 있었는데 가온은 의지로 그 흐름을 강화했다.

콸! 콸! 콸!

이전에는 냇물과 같은 흐름이었다면 지금은 홍수가 났을 때의 강물처럼 영력이 빠르게 상대의 몸으로 흘러갔다.

"하흐윽! 흐아아앙!"

영혼을 송두리째 흔드는 강렬한 매혹의 힘이 담긴 비음에 다시 의식이 흐릿해졌지만 가온은 필사적으로 한 자락의 의식을 보호해서 영력의 흐름을 조절했다.

사랑하지 않는 상대와 환희대법을 펼치게 되면 아주 위험했다.

자신의 기운을 남김없이 방출한 상태에서 상대가 기운을 되돌려 주지 않는다면 그냥 죽을 수밖에 없는 것이다.

'하지만 내겐 신성력이 있지!'

지금 미친 듯이 엉덩이를 흔들며 음부로는 가온의 물건을 물어뜯고 있는 상대는 육체적인 쾌락에 더해서 순도 100%의 영력을 받아들이면서 그야말로 극락에 있는 것 같은 강렬한 쾌감을 느끼며 거센 흐름을 받아들이고 있지만, 상대가 마신 크렛의 분혼이라면 틀림없이 신성력을 받아들이는 순간 발광을 하게 될 것이다.

그때 흐름을 되돌리면 된다.

그렇게 모든 영력을 방출한 가온이 막 신성력을 방출했을 때였다.

-호호호! 기대는 했지만 이렇게 농후한 신성력이라니! 이 정도의 힘을 가진 인간이 있다니! 정말 본좌가 운이 좋구나! 본계에 있는 본신까지는 아니더라도 절반 이상의 힘을 발휘할 수 있겠어!

'허억!'

의식 한 자락만 남아 있던 가온이 순간 온전히 정신을 차릴 정도로 경악했다.

'마신인데 어떻게 신성력을?'

상대는 마신, 아니 마신의 분혼임에도 불구하고 그의 신성력을 반기고 있었다.

그저 마기와 신성력이 상극이라는 것만 생각하고 환희대법을 펼친 것인데 이렇게 되면 자신은 모든 기운을 빼앗길 뿐만이 아니라 생명력과 정혈까지 갈취당해서 소멸되고 말 것이다.

그동안 그렇게 조심하고 몸을 사렸지만 결국 다시 죽음의 위기가 닥쳐 버렸다.

가온은 신성력까지 환희대법의 흐름대로 엄청나게 빠른 속도로 빠져나가는 것을 느끼면서 절망에 빠졌다.

빠르게 빠져나가는 신성력의 흐름을 통해서 죽음에 직면했지만 그의 육신은 연속해서 찾아오는 절정감의 해일에 절어 버려 이성을 유지하기가 힘든 상태였다.

결국 그 엄청난 신성력이 거의 모두 빠져나가자 강한 탈력감이 엄습했다. 이제는 정말 생명력과 정혈을 흡수당해서 죽는 것만 남았다.

그래도 가온은 포기할 수 없었다. 비록 한 자락에 불과하지만 명료하게 유지하기 위해서 필사적으로 노력했다.

만약 플레이어 신분으로 인해서 사망에 따른 페널티인 레벨 하락과 일부 아이템이 사라지는 것이라면 감수할 수 있지만 분신이기에 다를 수 있었다.

정말 이 상황에서 벗어날 방법은 정말 없을까?

가온은 필사적으로 머리를 굴렸다.

가장 먼저 떠오른 아이템은 시간 역류의 시계였다.

'하지만 체감한 시간은 5분이 훨씬 넘어!'

때문에 그 아이템은 사용할 수가 없었다. 게다가 환희대법은 일단 펼쳐지면 중간에 멈출 수가 없었다.

아이템 중에는 이 상황을 타개할 물건이 없으니 이번에는 스킬을 확인해 봐야만 했다.

'있다!'

마나 탐식이 있었다. 무려 SSS 등급인.

단 한 가지 고려해야 할 내용이 있었다. 마나 탐식 스킬을 활성화하려면 일단 자신의 마나를 상대의 몸에 주입해서 상대의 마나가 가진 속성을 자신의 마나와 같은 속성으로 바꿔야만 했다.

하지만 주입할 에너지가 없었다. 이미 거의 모든 에너지를 흡수당했던 것이다.

그때 불현듯 떠오른 것이 있었다. 성교 시에 쾌락을 느낄 때 방출되는 특별한 에너지가 바로 그것이었다.

그것을 마신 크렛의 추종자들은 가우디움이라고 불렀던 것 같은데 당시 놈들이 수많은 마신상에 모은 가우디움을 흡수했었다. 그리고 상대에게 모든 에너지가 대폭 상승했다.

하지만 뭔가 다른 힘이 생겼음을 느꼈었다.

'예비 데미갓'이라는 칭호 때문에 더 이상 살펴보지 않았지만 그 힘은 분명히 자신에게 있었다.

목숨이 경각에 달한 상황이라서 그런지 머리가 빠르게 돌아갔다. 그리고 그 힘, 혹은 에너지가 어디에 있는지 알 수 있었다.

'그 에너지는 전형적인 파동 에너지로 내 영혼의 파동에 흡수된 상태야!'

인지했으니 당연히 사용할 수 있었다.

가온은 맞닿은 가슴을 통해서 가우디움을 상대에게 주입하면서 동시에 마나 탐식 스킬을 발동했다.

쏴아아!

상대의 몸과 맞닿은 부분은 성기만이 아니다. 두 팔과 두 다리뿐만이 아니라 몸도 거의 완벽하게 엉켜 있는 상태였다. 그래서 신성력은 빠져나가는 것 이상으로 훨씬 많이 들어오고 있었다.

-이 천한 놈이 감히 본 마신의 의지에 반항을 하다니!

격노한 마신의 분혼이 의식 공격을 해 왔지만 가온은 꿈쩍도 하지 않았다.

극도의 쾌락 속에서도 지켜 냈던 의식은 한 자락에 불과하지만 그의 정신력은 전혀 흔들리지 않았다.

대신 허리를 강하게 튕겨서 본격적으로 환희대법을 펼쳤다.

-흐아아앙! 이, 이래서는 안 돼!

마신의 분혼 역시 가온처럼 극도의 쾌락을 느끼던 와중에 그의 분신이 강하고 빠르게 움직이기 시작하자 더욱 커지는 쾌락에 크게 흔들리고 있었다.

마신의 분혼이 갑자기 치밀어 오른 극한의 쾌감으로 인해 잠시 흔들렸을 때 가온은 온몸으로 상대의 몸에서 가우디움을 흡수하기 시작했다.

-이, 이게 뭐야! 어떻게 가우디움을!

마신의 분혼 역시 가우디움을 가지고 있었다.

분혼이 빙의한 육체가 소환 즉시 제대로 힘을 쓸 수 있도록 가우디움을 준비해 두지 않은 것을 알게 된 분혼이 대사도인 라울과 네 대사제 그리고 100여 명의 사제들에게서 마기와 생명력 그리고 정혈을 흡수할 때 함께 흡수한 것이다.

마신 크렛이 사용하는 권능의 근원이 바로 가우디움이다. 당연히 속성을 바꿀 필요가 없어 스킬의 효율이 높아졌다.

콰르르릉! 꽈르릉!

가우디움이 마치 벼락이 치듯 압도적인 기세로 가온의 체내로 유입되었다.

하지만 가온은 여전히 환희대법의 내용대로 허리와 엉덩이를 움직여 분혼이 느끼는 쾌감을 높였다.

-제발! 네 걸 다 돌려줄 테니 제발!

이 상황에서도 가져간 것만 주겠다는 것을 보니 과연 마신의 분혼이었다.

가진 것을 모두 빼앗기는 데 걸린 시간이 1시간이라면 마신의 분혼이 가진 것을 다시 빼앗는 것은 불과 3분도 걸리지 않았다.

어느새 성기를 통해 흘러나가던 에너지가 다시 돌아오기 시작했다.

해일처럼 밀려드는 에너지의 양은 엄청났다.

마나는 마나오션과 마나포인트로, 마기는 심장으로, 영력은 영규로, 가우디움은 영혼으로, 그리고 신성력은 온몸에 차곡차곡 쌓였다.

가온은 여전히 의식을 집중하기 힘들 정도로 강렬한 쾌락의 바다에서 벗어나지 못한 상태였지만, 몸과 정신이 충만해지는 것을 느낄 수 있었다.

결국 교합을 하는 상대의 몸에서 막대한 생명력이 포함된 정혈까지 흡수하기 시작했고, 얼마 후에는 성교로 인한 쾌감이 더 이상 느껴지지 않았다.

'흩어지고 있어!'

모든 것을 흡수당한 상대의 육신이 가루처럼 흩어지기 시작하자 자동적으로 연공되고 있었던 환희대법이 멈춰졌다.

'분혼까지 흡수해야겠다!'

자신을 죽음 아니, 소멸 직전까지 몰고 간 분혼이다.

심안을 발동한 가온은 소멸하고 있는 육신에서 분혼이 벗어나려고 할 때 준비하고 있던 스킬을 발동했다.

'영혼 흡수!'

ㅡ아아악! 제발!

분혼이 사정을 했지만 가온은 전혀 마음이 흔들리지 않았다.

잠시 기세등등했던 분혼은 결국 파동으로 바뀌어 가온의 영혼에 흡수되었다. 그리고 기대했던 안내음이 전해졌다.

-마신 크렛의 분혼을 소멸시키는 놀라운 업적을 세웠습니다!

-보상으로 10레벨 상승합니다. 칭호, 스킬, 아이템, 1,500만 명예 포인트를 획득합니다!

-특별 보상으로 마신 크렛의 권능 중 한 가지를 랜덤으로 획득합니다! 마신 크렛은 더 이상 해당 권능을 발휘할 수 없습니다!

-업적에 감동받은 마툰 차원의 신들이 3천만의 신성력을 지급합니다!

바로 보상의 내용을 확인한 가온은 황급히 세 번째 항목에 집중했다.

'마신의 권능 중 하나를 강탈할 수 있다니!'

정말 놀랐다. 아무리 마신의 분혼을 소멸시켰지만 이렇게 대단한 보상을 받을 거라고 전혀 예상하지 못했다.

랜덤이라서 자신이 고를 수 없다는 것이 안타까웠지만 마기를 사용할 스킬을 고려하고 있던 가온에게는 무척 반가운 소식이었다. 포인트를 소비하지 않고도 무려 마신의 권능을 얻는 것이니 말이다.

그렇다고 바로 스킬창을 열지 않고 상태창부터 확인했다.

'헉! 이렇게나 많이 늘었다고?'

의아할 정도로 에너지의 변화 폭이 컸다.

영력과 신성력은 무려 1억 5천을 넘겼고 가장 최근에 축적하기 시작한 마기는 9천만에 육박해서 7천만 대 후반인 마력을 단숨에 뛰어넘었다.

음양기도 1억 1천만 대로 상승해서 마기는 두 배 이상, 나머지는 50% 정도 높아졌다.

스텟도 대략 50% 정도 상승했는데 특이한 것은 매력이 무려 10만이 넘었다는 사실이다.

그러다가 바뀐 칭호를 확인한 가온은 눈이 번쩍 뜨이는 것 같았다.

'예비라는 단어가 사라졌어!'

칭호에는 이제 데미갓이라는 단어가 또렷하게 적혀 있었다.

데미갓

등급 : ―
특성 : ALL
상세
－육신을 가진 상태로 신에 필적하는 권능을 발휘할 수 있다.
－모든 에너지를 파동 형태로 무한대로 축적할 수 있으며 신력(神力)을 발휘할 수 있다.
－영체화가 가능하다.

너무 흥미로워서 자신도 모르게 두 주먹을 불끈 쥐었다. 특히 특성란과 '신력' 그리고 '영체화'란 단어가 눈에 확 들어왔다.

특성이 ALL이라는 건 모든 종류의 힘을 다룰 수 있다는 의미였고 무엇보다 파동 형태로 에너지를 축적할 수 있기에 육체의 한계와 상관없이 축적할 수 있는 에너지의 한계가 사라진다.

게다가 영체화라니. 너무 신기했다.

그렇게 대충 상태창을 확인하고 이어 스킬창을 연 가온은 마신 크렛으로부터 얻은 스킬을 포함해서 두 스킬이 새로 추가된 것을 발견했다.

하나는 파동탄이라는 이름의 스킬로 무려 SS급이었는데, 에너지를 파동으로 전환시킨 후 일종의 탄환처럼 발사하는 것인데, 속도가 음속의 세 배에 달했고 맞은 상대는 몸집과 상관없이 파동 에너지에 의해서 순식간에 먼지가 되어 소멸되고 만다.

마나탄과 다른 부분은 바로 위력이다.

마나탄은 목표 지점을 관통하는 위력밖에 없었지만 파동탄은 목표를 타격하는 순간 파동 에너지가 순식간에 확산해서 목표를 소멸시키는 것이다.

'됐어!'

이렇게 막강한 위력을 가진 파동탄이라면 고위급 마족이라도 충분히 처리할 수 있었다.

제한이 없는 건 아니다. 한 발을 발사할 때 영력이 10만이나 소모되었다. 물론 가온에게는 전혀 상관이 없는 내용이었다.

다른 하나는 스킬이 아니라 권능에 해당하는 은총이었다.

'은총이라면 신이 인간에게 무상으로 주는 선물인데……'

그렇게 생각하고 은총 권능에 집중하니 내용이 뜨는데 아주 놀라웠다.

자신이 보유한 스킬은 물론 스텟과 에너지까지 특정한 상대에게 줄 수 있는 스킬이었다.

일종의 복사에 해당하기 때문에 은총을 베풀어도 자신의 능력이나 스텟에 아무 변화가 없었지만 한계가 있었다. 1할 한도에서만 줄 수 있었다.

'이건 마신 크렛의 권능이다!'

은총을 받은 상대가 내린 이를 신봉하면 할수록 스킬 레벨이 올라가고 스텟과 에너지가 증가한다는 점이 그 증거였다.

혹시나 싶어서 갓상점을 열어서 해당 스킬이 존재하는지 검색해 봤다.

'역시 없어!'

은총은 갓상점 상품 리스트에 존재하지 않는다. 신격을 갖춘 존재만이 발휘할 수 있는 고유한 능력인 것이다.

그러니 은총 권능은 마신 크렛으로부터 강탈한 것이고 파동탄 스킬은 이번에 데미갓이 된 보상으로 받은 것이다.

'이제부터 막 소환된 마신의 분혼만 노릴까 보다!'

마지막으로 칭호 덕분에 얻은 영체화 스킬은 의외로 등급이 낮아서 A였는데 나중에 확인해 봐야 할 것 같았다.

예지몽으로
히든랭커

마지막으로 아이템을 확인했다.

'호오! 정심환의 레시피라.'

설명에 따르면 정심환은 복용하면 최소 1시간까지는 모든 종류의 상태 이상에 저항할 수 있는 효과를 가지고 있었다.

'정심환을 조제한다면 굳이 아나샤가 나서서 축복을 내릴 필요가 없지.'

다수를 상대로 내리는 축복은 엄청난 신성력은 물론 막대한 심력이 필요하다. 당연히 아나샤도 기껏해야 하루에 세 번 정도가 한계였다.

'정심환으로 축복을 대신하면 아나샤의 능력을 더 다양하게 쓸 수 있어.'

이를테면 광역 스킬인 '그레이트 버프'를 사용하면 전력이 한층 더 올라갈 것이다.

색안, 색음, 색향 스킬로 상대의 이성을 무너뜨릴 정도로 강렬한 색욕을 끓어오르게 만드는 능력이 있는 마신 크렛의 추종자를 상대할 때는 정심환의 효과는 더욱 커진다.

가온이 모든 보상을 확인하고 흐뭇한 미소를 지을 때 아나샤의 의념이 전해졌다.

—온 랑, 빨리 지원해 주세요!

'무슨 일이야?'

—사도 둘의 능력이 너무 높아요!

이런! 사도가 둘이나 더 있을 줄은 몰랐다. 있어도 소환 의식을 집전하고 있을 줄 알았기 때문이다.

가온은 서둘러 신전을 빠져나왔다.

신전을 빠져나간 가온의 눈에 가장 먼저 들어온 것은 신전의 정문을 중심으로 반원을 그리고 포진한 마신 크렛의 사제와 마전사 들과 그들은 더 큰 반원을 그린 상태로 포위한 공략군의 모습이었다.

하지만 양측은 전면적인 교전 대신에 대치한 상태로 가운데 부분에서 벌어지고 있는 두 전투에 집중하고 있었다.

한쪽은 에버라이트 용병단과 트롬 용병단의 정예 다섯 명이 순결의 여신 사제단의 도움을 받아서 한 사도를 상대하고 있었고, 다른 한쪽에서는 수인족 대전사장 여섯 명이 아나샤와 마법사들의 도움을 받아서 사도와 싸우고 있었다.

전사들은 모두 소드마스터 중급 이상이거나 중급에 가까운 강자였지만, 놀랍게도 사도들은 그들에게 전혀 밀리지 않았다.

'한 명이 소드마스터 대여섯 명을 상대하다니 사도들의 능력이 굉장히 높네.'

전투력 때문이 아니었다. 마신 크렛의 사도가 가진 고유한 능력 때문에 소드마스터들이 제 기량을 발휘할 수 없었다.

사도들은 전투력보다는 눈빛은 물론 작은 손짓만으로도 색욕을 끓어오르게 만드는 능력을 효과적으로 발휘하고 있어서 사람들이 고전하고 있었다.

사도만이라면 그래도 괜찮았을 텐데 몇 겹의 벽을 쌓고 있는 마전사들 뒤에서 사제들이 색욕을 자극하는 기이한 소리를 지르고 있어서 공격하는 측이 더욱 전투에 집중할 수가 없었다.

'우리 아니테라 전사들은 왜 참전하지 않는 거지?'

시르네아 등 아니테라 전단의 수뇌부는 일단 뒤에서 대기하고 있었다.

아무래도 먼저 사도 일행과 붙은 수인족 대전사장들이 자존심 때문에 자신들이 마무리하겠다고 고집한 것 같았다.

사도의 능력은 소드마스터 중급 정도로 이렇게 대전사장들이 달라붙어서 상대할 정도는 아니지만, 다른 마신의 사도들이 암흑마법을 사용하는 것처럼 마신 크렛의 사도는 일정 거리 안으로 들어가면 색욕을 끓어오르게 만들기 때문에 대전사장들도 제 실력을 발휘하지 못하고 있었다.

그렇다고 원거리 공격을 하기도 힘든 것이 오러 블레이드를 생성하고 날릴 정도로 집중력을 유지할 수가 없었다.

아나샤의 축복을 받은 상태였지만 마전사들의 뒤편에 있는 사제들이 신음처럼 내는 소리를 듣는 순간 피가 끓어올랐을 것이다.

사도 중 마족 여인은 날아다니면서 분홍색의 긴 채찍을 연신 휘두르고 있었는데, 걸친 옷이라고는 풍만한 유방은 고사하고 유두만 간신히 가릴 것 같은 작은 가슴 가리개와 음부

가 훤히 비치는 얇은 분홍색 천만 겨우 걸치고 있어서 사람
들은 그녀를 제대로 쳐다보지도 못했다.

보는 것만으로도 색욕이 끓어오르는 외모만 위험한 것이
아니었다.

나방처럼 불규칙한 궤적을 그리며 날아가는 분홍색의 채
찍이 지나간 곳에는 분홍색의 미세한 분말이 뿌려졌는데, 그
것을 본 에버라이트 용병단과 트롬 용병단의 소드마스터들
은 메뚜기처럼 멀리 뛰어 피해야만 했다.

분홍색 분말은 순식간에 성욕을 끓어오르게 하는 효과를
가지고 있었고, 호흡은 물론 피부를 통해서도 침투하기 때문
에 멀리 피해야만 했다.

이미 분말을 마신 것으로 추정되는 몇 명은 방어구는 물론
이고 상의까지 벗어 던진 상태로 뒤로 물러나서 연공을 통해
독 기운을 배출하려고 애를 쓰고 있었다.

머리 중앙에 난 뿔의 끝이 부러져 있는 다른 사도는 잔상
이 남을 정도로 빠르게 날아다니면서 분홍색의 마나탄을 발
출하고 있었는데, 그것 역시 색심을 끓어오르게 하는 효과가
있는지 사람들은 미친 듯이 오러 블레이드를 휘둘러 쳐 내고
있었다.

도무지 궤적을 짐작할 수 없는 불규칙하고 빠른 비행을 하
는 중에도 입으로 마치 성교 시에 지르는 거친 호흡 소리를
내고 있었는데, 그 소리에는 사람의 성욕을 끓어오르게 하는

놀라운 효과가 있었다.

그 바람에 그를 상대하는 사람들의 눈이 순간적으로 충혈되고 그때마다 움직임이 느려져서 화살처럼 쏘아지는 마나탄을 간신히 피하고 있었다.

그나마 아나샤와 순결의 사제들이 계속해서 사람들에게 버프와 해주 마법을 걸어 주지 않았다면 사달이 나도 벌써 났을 것이다.

사도의 공격에 당하지 않아도 소드마스터가 성욕에 미쳐 날뛰게 되면 장내는 아수라장이 되고 말 것이다.

그렇게 밀리고 있는 상황이지만 시르네아 등 아니테라 용병단은 전투에 끼어들 수는 없었다.

그들의 자존심 때문이 아니라 혹시 모를 사도의 공격에 대비해서 넓게 포위한 상태로 대비하고 있었다.

그렇게 사도 둘이 날뛰자 대사제가 없음에도 마신의 사제와 마전사 중 일부는 마치 합창과도 알 수 없는 노래와 함께 다양한 타악기를 연주했는데, 경지가 낮은 전사들의 경우 아예 주저앉아서 온몸을 부들부들 떨면서 끓어오르는 성욕을 억제하고 있었다.

비록 순결의 여신 사제들이 이에 대응해서 성가를 부르고 있었지만 1천 명이 훨씬 넘는 사람들 모두에게 강한 저항력을 주는 것은 어려워 보였다.

가온은 사도들을 공격하는 것도 나쁘지 않지만 사제들부

터 처리해서 놈들은 당황하게 만드는 것이 더 효과적이라고 생각했다.

현재 가온이 보유한 스킬 중에서 다수를 대상으로 한 공격기는 뇌룡의 폭주 정도인데 기습용으로 사용하기에는 효과가 너무 요란했다.

'차라리 무형인을 사용하자.'

영력으로 스킬 강화를 해서 무형인을 강화하자 가온의 눈에만 보이는 예리한 날 열두 개가 생성되었다.

이번에는 세 개의 날을 중심을 기준으로 결합시킨 형태가 아니라 각각의 날을 염력으로 조종해 볼 생각이다.

가온은 무형인에 신성력과 화기를 더해서 위력을 높인 후 염력을 발휘해서 각각의 날을 고속으로 회전시켰다.

'의식을 분리하는 것이 왜 이렇게 쉽지? 마신의 분혼을 흡수해서 그런가?'

그런 것 같긴 했지만 그게 중요한 것이 아니다.

'가랏!'

무형인의 최대 장점은 파공성이 나지 않는다는 것이다.

분리한 의식이 발휘하는 염력의 조종을 받아서 열두 방향으로 날아간 무형인은 주문을 영창하거나 악기를 연주하는 마전사 대열의 후미로 날아갔고 그때부터 놀라운 일이 벌어졌다.

툭! 툭! 툭!

마치 익은 과일이 떨어지듯 마전사들의 목이 차례로 떨어지기 시작했는데, 절단 부위에서는 피조차 나지 않아서 바로 곁에 있는 마전사들도 한참이 지나고 나서야 알아챌 정도였다.

무형인을 만든 영력에 포함된 화기가 절단 부위의 혈관들을 아예 지져 버린 것이다.

그래서 마전사들에게 일어난 일은 마신의 추종자들이 아니라 포위한 상태로 그들을 지켜보던 이들이 먼저 알았다.

아니테라 전단원들을 제외한 사람들은 눈에 보이는 것은 없었지만, 이 기괴하고 놀라운 현상을 누군가가 만들어 내고 있다는 사실은 잘 알았다.

'아니테라 용병단의 단장이 보이지 않았어!'

생각이 있는 자들은 대부분 공격의 주체가 바로 그동안 모습을 드러내지 않았던 가온이라는 사실을 짐작했다.

북문을 순식간에 공략했지만 신전까지의 거리가 멀어서 조금 늦게 도착한 아니테라 용병단의 말에 따르면 단장이 직접 신전의 사도를 처단하러 먼저 침투했다고 말했기 때문이다.

'그럼 신전 안에 있을 사도와 사제 들은 온 단장이 처리했구나!'

자연스럽게 그런 결론이 도출되는 순간 사람들의 사기가 크게 올라갔다.

자신의 능력을 최대로 발휘해서 인간 전사들을 희롱하던

두 사도가 변고를 눈치챘을 때는 이미 마전사의 절반이 목이 떨어졌고 사제들까지 목이 떨어지기 시작했을 때였다.

"어느 놈이냐?"

가운데 뿔이 부러진 사도가 격노해서 외쳤지만 가온은 모습을 드러낼 생각이 전혀 없었다.

그저 열두 개로 분리한 의식으로 염력을 발휘해서 무형인을 조종하는 데 전념했다.

그렇게 사제와 마전사 들의 목이 빠르게 떨어져 나가는 기괴한 상황에 두 사도가 당황하자, 비로소 아나샤와 순결의 사제들이 발휘하는 신성력이 제대로 먹혔고 사도들을 상대하던 전사들의 공격도 위력이 높아졌다.

아무리 마신의 사도라고 해도 소드마스터들의 합공을 받고 있는 상황에서 집중력이 떨어지자 몸에 하나둘 상처가 생길 수밖에 없었다.

검기 정도라면 몰라도 오러 블레이드는 놈들의 보호막은 물론 날개와 몸체에 상처를 낼 수 있었다.

"공격!"

전황도 유리해졌고 더 이상 성욕을 끓어오르게 만드는 주문이나 악기 소리가 들리지 않자 시르네아가 공격 명령을 내렸다.

이제까지 기다리고 있었던 전사들이 적을 향해 쇄도하기 전에 마법들이 먼저 날아갔다.

"파이어 플레임!"

"윈드 커터!"

위력이 큰 범위 마법들이 사제와 마전사 사이를 강타하자 안 그래도 눈에 전혀 보이지도 감각에도 걸리지 않는 모종의 공격에 공포감까지 느끼고 있던 마신 크렛의 사제와 마전사는 비명을 지르며 자신을 보호하기 위해서 마법을 발현하고 무기를 휘둘렀다.

그 바람에 곁에 있던 동료들까지 피해를 봤지만 이미 공포에 잠식된 그들은 동료들의 상황을 인지하지 못했다.

그렇게 사제와 마전사 들이 속절없이 쓰러지는 상황이 벌어지자 두 사도는 비행 중에 눈을 마주치더니 뭔가 결심한 듯 이를 악물고 공중에서 손을 마주 잡았다.

그 모습에 사도를 상대하던 전사들은 물론 후방에 있는 마법사와 사제 들이 긴장한 얼굴로 자신이 발현할 수 있는 가장 위력적인 수단을 강구했다.

이제까지 사도들이 발휘한 능력으로 보건대 굉장히 강력한 공격이 시작될 것이다.

그때였다.

퍽! 퍽!

손을 맞잡은 상태로 같은 주문을 맞추어 영창하던 두 사도의 옆구리에 구멍이 뚫렸다.

그리고 그 구멍을 중심으로 빠르게 살과 뼈가 가루가 되어 사라지기 시작했다.

"크헉!"

"큭! 누, 누구냐?"

뭔가 강하게 옆구리를 타격한 순간 두 사도는 영창하던 주문을 멈추고 끔찍하게 일그러진 얼굴로 주위를 둘러보았다.

"너희들도 크렛의 분혼이 간 길을 따라라!"

알 수 없는 소리가 들린 곳은 머리 위였다.

사도들은 반사적으로 위를 쳐다봤는데 방금 전만 해도 아무것도 없었던 허공에 거꾸로 서서 두 손을 자신들의 머리에 댄 인간의 얼굴이 보였다.

자신들의 감각으로도 거꾸로 체공 비행을 하는 인간이 이런 모습으로 홀연히 나타난 것을 전혀 알아차리지 못했기에 두 사도는 순간적으로 공포감을 느꼈다.

두 사도는 반사적으로 날개를 흔들고 입을 벌리려고 했지만 몸이 거미줄에 걸린 것처럼 꼼짝도 하지 않았다. 이미 마나 탐식 스킬이 발현된 것이다.

단순히 몸을 움직일 수 없는 정도가 아니었다.

무서운 속도로 자신들이 그동안 쌓은 모든 것이 상대에게 빨려 나가고 있었는데, 능력의 근원인 마기와 가우디움은 물론 생명력이 포함된 정혈까지 포함되어 있었다.

두 사도는 모시는 마신 크렛으로부터 받은 권능을 사용하려고 했지만 그 어느 것도 할 수가 없었다.

이미 마나 탐식 스킬의 목표가 된 상태였기 때문에 몸과 마기는 물론 정신력도 사용할 수가 없었다.

그렇게 두 사도는 허공에 멈춘 상태로 빠르게 사라지고 있었다.

"하아! 미친!"

가온이 홀연히 허공에 나타나서 두 사도를 대상으로 마나 탐식 스킬을 쓰고 있는 모습을 지켜보던 머스탱 황자는 자신도 모르게 탄성을 내뱉었다.

'소드마스터 11명이 달려들었음에도 고전을 면치 못했던 사도 둘을 저렇게 간단하고 빠르게 해치울 수 있다니! 마법은 아닌 것 같은데 정말 정체가 뭐야?'

마툰 차원으로 건너오기 직전에 이곳에서 4년 가까운 세월을 보내며 고군분투를 하던 다이트 제국 측이 무사히 귀환했다는 정보를 입수하고 파고르 황자에게 연락을 했다.

경쟁을 하는 사이이기는 하지만 제국이 붙어 있는 것도 아니고 차원 의뢰에 관한 일이니 도움을 받을 수 있을지도 모른다는 생각이었다.

기대한 대로 파고르 황자는 순순히 차원 의뢰를 수행하는 과정을 말해 주었다.

그리고 아니테라 용병단이 아니었다면 목적을 달성할 수 없었다는 말을 들었기에 마튼 차원으로 건너오자마자 의뢰를 했다.

물론 아니테라 용병단의 전력이 아주 강력하다는 사실을 알았지만, 단장의 실력은 몰랐기에 더욱 충격적이었다.

'하긴!'

이 정도로 강한 자이니 80개에 육박하는 지부를 가지고 있던 마신 라케움의 추종자들을 그렇게 빨리 정리할 수 있었을 것이다.

'하지만 너무하잖아!'

이제야 알게 되었지만 성욕이 끓어오르는 주문을 영창하고 악기를 연주하던 마신 크렛의 사제와 마전사 들의 목을 눈에 보이지 않는 검으로 베어 버린 것도 온 훈이라는 이름의 단장이 한 일이었다.

그런데 이번에는 아무것도 없던 허공에서 느닷없이 나타나서 두 사도의 머리통에 손을 얹어 버리더니 순식간에 연놈의 몸을 소멸시키고 있는 것이다.

믿을 수 없을 정도로 강한 자여서 자신도 모르게 전신에 왕소름이 돋았지만 그래도 이제야 확신이 들었다.

'우리가 맡은 차원 의뢰도 조만간 완수할 수 있어!'

이런 강자가 이끄는 용병단이 도와준다면 충분히 가능했다.

황실에서도 아끼고 아껴 왔던 보물 두 점을 주고 아니테라 용병단과 계약을 할 때만 해도 불안했던 마음이 이제 안정되었다.

마계 던전

드디어 바통 시티 공략이 끝났다.

에버라이트 용병단이 트롬 용병단과 수인족 전사들의 도움을 받아서 이제부터 관리할 바통 시티와 정혈을 갈취당한 시민들을 챙기는 동안 가온은 단원들과 함께 아니테라로 건너갔다.

단원들에게 해산을 명령한 가온은 바로 전단에 있는 자신의 연공실로 향했다. 확인할 것이 있었기 때문이다.

'영체화!'

칭호에 수반하는 스킬이라서 그런지 영체화를 하겠다는 의지를 세우는 순간 스킬이 발동했다.

스르르.

참으로 희한한 기분이다. 자신의 몸이 입자로 변하는 것 같았다. 그렇다고 주위로 흩어지는 것은 아니고 몸에 대한 감각은 그대로였다.

단지 자신의 눈으로도 자신의 몸을 볼 수 없을 뿐이었다.

일단 영체화의 결과는 투명화 스킬과 비슷했다. 인간의 눈으로는 볼 수 없었다.

'시험을 해 봐야겠네.'

연공실을 빠져나가려고 닫힌 문고리를 잡았는데 손이 그냥 문고리 부분을 통과했다.

깜짝 놀란 가온은 몇 번이나 시험을 해 봤는데 문은 물론이고 벽도 그냥 통과할 수 있었다. 문이나 벽은 아무런 장애가 되지 않았다.

'이건 투명화 스킬보다 더 강력하네.'

가온은 다들 집으로 돌아갔을 테지만 시르네아는 단장실에 있을 거라고 생각하고 그쪽으로 이동하려고 했다. 그런데 전혀 예상하지 않았던 일이 벌어졌다.

쑤욱!

공간이 접히는 것 같은 기분과 함께 다음 순간 그는 단장실에 나타났는데, 책상에 몸 절반이 겹쳐진 상태였다.

'헉! 의지만으로 공간 이동이 가능하다니!'

굳이 공간 이동술을 쓰지 않더라도 마치 공간을 접은 것처럼 이동한 것이다.

게다가 지금 상태를 보니 투명화 스킬과의 차이를 확실하게 알 수 있었다.

투명화 스킬을 사용할 경우 몸 자체는 투명하게 변하지만 일정한 공간을 차지하는 실체가 있다. 그래서 이렇게 책상과 몸이 겹쳐진 상태로 있을 수가 없는 것이다.

예상과 달리 집무실 안에는 세 사람이 있었다.

아레오와 아나샤가 시르네아와 함께 차를 마시면서 대화를 나누고 있었는데 누구도 그를 인지하지 못했다.

세 사람의 능력을 생각하면 인지하지 못하는 것이 이상할 정도였다.

"온 랑이 바로 연공실로 간 것을 보면 뭔가 시험해 보려는 것이겠지?"

"그럴 거예요. 온 랑이 굉장히 흥분했으니까요."

아나샤의 질문에 아레오가 그렇게 대답했다.

"사도 둘을 한 번에 처리했고 신전 안에서도 사도 한 명을 더 처리한 업적을 세웠으니 시스템이 뭔가 큰 것을 주었을 거야."

"던전이 아닌데 보상을 받았다고요?"

아레오가 이상하다는 얼굴로 물었는데 시르네아도 같은 생각인지 아나샤의 대답을 기다렸다.

"온 랑은 우리와 다른 것 같아. 던전을 공략하는 경우 외에도 따로 보상을 받는 것 같아."

"정말요?"

"응. 다른 건 모르겠는데 마툰 차원으로 건너온 이후에 온 랑의 신성력이 무섭게 늘어나고 있어. 지난번에 라온이라는 가명으로 나와 둘이 활동했을 때 느꼈는데, 나보다 훨씬 더 강력한 신성력을 발휘할 수 있는 것 같더라고."

"그래요?"

"후유! 안 그래도 인간을 초월한 분인데 더 강해지시겠네 요. 아무리 노력해도 전 도저히 좇을 수 없을 것 같아요."

아레오와 아나샤의 대화에 시르네아가 끼어들었다.

막 세 사람에게 다가가던 가온이 시르네아의 한숨 섞인 말 에 발을 멈추었다.

"시르네아는 왜 온 랑을 좇으려고 하는데?"

"설마 우리처럼 온 랑의 옆에 서고 싶어서 그래?"

"그, 그게……."

자신도 모르게 마음을 살짝 드러낸 시르네아가 얼굴이 홍 당무처럼 변했다.

"호호호. 조금만 기다려 봐."

"네? 그게 무슨?"

가볍게 교소를 터트린 아나샤의 말에 시르네아가 영문을 모르겠다는 얼굴이 되었다.

"시르네아가 황비 타이탄의 주인이 되면 온 랑에 비견되는 능력을 발휘할 수 있어."

"황비 타이탄요?"

"아틀라스는 본 적이 있지?"

"네. 흑기사를 말씀하시는 거죠?"

"맞아. 흑기사는 아이테르의 초고대 문명이 황제를 위해서 제작한 타이탄이고, 황비들을 위해서 만든 타이탄들도 있어. 온 랑은 세 기 중 하나의 주인을 이미 시르네아로 정해 두었어."

"화, 황비 타이탄이 있다니……."

시르네아는 하이엘프에 명석해서 황비 타이탄이 가지고 있는 숨은 의미까지 깨달았는지 얼굴이 다시 벌겋게 달아올랐다.

"두 기의 주인은 모둔 언니와 시르네아로 정해졌고 마지막 한 기가 남았는데 종족의 균형 때문에 아직 결정하지 못한 상태야."

"아!"

예하와 헤르나인을 두고 고민을 하고 있다는 얘기였다.

"우리가 빨리 결정하라고 채근하고 있으니까 조금만 기다려."

"알겠어요."

그렇게 대답하는 시르네아의 얼굴에는 숨길 수 없는 미소가 떠올랐다.

세 여인의 대화를 듣고 있던 가온은 왠지 민망한 기분이

들어서 방을 벗어나려고 했는데 다음 순간 몸이 복도에 있었다.

'영체화 상태에서는 굳이 걸을 필요가 없구나.'

그저 의지만으로 어디든 이동할 수 있는 것이다.

오히려 걷는 것이 더 어려웠다. 굳이 그럴 필요가 없으니 말이다.

그 후로부터 시험을 해 봤는데 한 번이라도 가 본 적이 있는 장소는 어디든 순간적으로 이동할 수 있었다.

심지어 전단 본부에서 족히 50킬로미터는 떨어져 있는 산까지도 순식간에 이동할 수 있었다.

'영력이 소모되는구나.'

영체화 상태에서는 지속적으로 소량의 영력이 소모될 뿐만이 아니라 공간 이동을 할 때는 상당한 영력이 소모되었다.

가온은 다양한 방법으로 영체화의 효과를 확인한 후에야 다시 전단의 연공실로 되돌아갔다.

세 여인의 사랑을 받으며 하루를 푹 쉰 가온은 다음 날, 마툰 차원으로 건너오자마자 바로 알타바레스 협곡으로 향했다.

공략에 앞서 정찰하려는 것이다.

마계 던전의 위치는 이미 파악해 두었기에 금방 그곳에 도착할 수 있었다.

마계 던전이 위치한 동굴은 협곡의 바닥에서 절벽 위로 150미터 지점에 있었는데 일전에 확인했던 그대로 농후한 마기를 방출하고 있을 뿐 아무런 변화가 없었다.

이곳이 바통 시티와 아무 상관이 없다는 증거였다.

'설마 던전에 서식하던 마수나 몬스터가 모두 나간 건가?'

그럴 가능성이 없지는 않았지만 일단 확인을 해야만 했다.

가온은 먼저 카오스를 비롯한 정령들을 소환해서 먼저 들여보냈다.

동굴 입구로 들어가자 컴컴한 어둠이 나타났지만 이미 인간을 초월한 그의 안력은 굳이 심안을 발동하지 않더라도 내부를 볼 수 있게 해 주었다.

본래는 더 좁았을 것으로 짐작되는 동굴은 폭이 10미터에 높이는 50미터 정도로 엄청난 규모였다.

놀라운 건 동굴이 동일한 폭과 높이를 유지한 상태로 안쪽으로 이어지고 있는데, 바닥과 벽이 매끈하지는 않아도 인공의 흔적이 남아 있었다.

대략 20미터 정도까지 안으로 들어갔을 때 카오스가 그의 곁에 나타났다.

'어때?'

─광산형 던전이야. 외부에서 붙잡혀 온 것으로 보이는 수많은 아인종들이 광석을 캐고 있어. 그런데 작업을 감독하는 드워프나 채광을 하는 드워프가 좀 특별했어.

'드워프라고?'

-응. 키가 2미터가 넘지만 하체보다 상체가 더 발달한 체형, 근육질 몸, 짧은 팔다리, 덥수룩한 수염 등 체형이나 특징들로 보아 분명히 드워프였어. 가온이 알고 있는 드워프가 커졌다고 생각하면 돼.

'뭐 인간족에도 거인족이 있으니 거대 드워프족도 있을 수는 있지.'

놀랍긴 했지만 당연히 있을 수 있는 경우였다.

-아! 그리고 여기에도 타이탄이 있었어.

'타이탄이라고?'

정말 깜짝 놀랐다. 뜬금없이 타이탄이 언급된 것이다.

-채광 작업을 감독하는 자들 중 일부가 타고 있는 타이탄이 기가스와 비슷했어. 알 수 없는 금속으로 만든 외골격 형태의 갑옷처럼 보였거든.

'외골격?'

스켈레톤처럼 뼈만 있는 형태라는 뜻이다.

-응. 내부에 드워프로 보이는 자가 타고 있는데 체고는 4미터 정도였고 열두 개의 마법진과 하급 영석을 통해서 신체 능력을 서너 배 정도 높여 주는 것으로 보여.

'마나나 혹은 마기를 증폭하지는 않고?'

-그런 것 같지는 않아.

그렇다면 체고를 제외하면 개량하기 전의 기가스와 동일

하다고 보면 된다.

－아니테라의 기가스와 달리 디자인이 아주 투박해서 금속 뼈와 관절 그리고 얽혀 있는 마법진이 고스란히 보여.

아니테라의 기가스는 원래 체고가 3미터지만 수차례에 걸쳐서 개량을 했기 때문에 지금은 체고가 4미터에 외골격이 보이는 형태가 아니라 합금판 재질의 장갑을 두르고 있다.

'설마 마계에도 타이탄이 있는 건가?'

그럴 가능성은 얼마든지 있었다. 던전이나 포탈은 물론이고 차원 의뢰를 받게 되면 차원을 이동할 수 있으니 각 차원의 고유한 아이템이 다른 차원으로 전해질 가능성이 아주 높았다.

'그럼 채광을 하는 드워프는 이곳 마툰 차원 출신인가?'

작업을 감시 감독하는 드워프들이 마계 출신인 것은 쉽게 짐작할 수 있지만 채광을 하는 드워프들의 정체가 궁금했다.

마툰 차원에서 구한 드워프족에게서 거대 드워프족에 대한 얘기는 전혀 듣지 못했다.

－그건 잘 모르겠어. 다만 두 발목에 거대한 쇠구슬이 매달린 사슬을 차고 있어. 물론 다른 아인종 역시 마찬가지였고. 아! 그런데 채광을 하는 드워프들과 감독을 하는 드워프들 간에 차이점이 있어.

'뭔데?'

－일단 피부색이 달랐어. 작업을 감독하는 드워프의 피부

는 짙은 암갈색이었는데, 광석을 캐는 드워프는 옅은 황토색이거나 붉은색에 가까웠어. 품고 있는 마기도 좀 달라. 채광을 하는 쪽은 순수한 반면 감독하는 드워프들은 혼탁한 마기를 가지고 있어.

그때 녹스가 홀연히 나타났다.

-난 카오스보다 더 깊은 곳까지 다녀왔는데 안쪽에 거대한 공간이 있어. 그리고 거기에는 거대한 석조 건물들이 있고 거대한 드워프들이 아주 많아. 전투 망치나 대검을 들고 있거나 일반 망치를 들고 있어 전사나 대장장이로 보였어.

그럼 이곳은 마계와 연결된 던전이 아닌 건가?

그런 생각을 하고 있을 때 마누와 카우마가 거의 동시에 모습을 드러냈다.

-던전 밖까지 방출되는 마기의 근원지로 여겨지는 중앙의 거대한 건물을 발견했어요. 몸집이 거대한 드워프 수천 명이 그 건물을 둘러싸고 있는데 뭔가 기다리는 얼굴이었어요.

-거대한 드워프들은 짙은 암갈색 피부에 관자놀이 부위에 뿔이 있어요.

카우마가 던전의 정체를 알 수 있는 가장 중요한 정보를 찾았다.

-그러고 보니 작업을 감독하던 드워프들은 머리에 큰 투구를 쓰고 있어서 뿔은 확인하지 못했어.

카오스의 추가 설명까지 들으니 어느 정도 확신이 들었다.

'암갈색 피부에 뿔까지 났다니. 뿔이 난 드워프는 들어 본 적이 없어. 드워프 마족이야.'

채광을 하는 드워프는 투구를 쓰지 않았을 텐데 뿔을 언급하지 않았으니 드워프 마족은 아닐 것이다.

잠시 혼란스러웠지만 마계 던전이 틀림없었다. 드워프 마족이라서 체구가 큰 것일 테고. 채광을 하는 드워프들의 정체는 아직 알 수 없지만 말이다.

'그런데 이렇게 우연히 드워프 마족이 거주하는 공간이 던전이 되었다니 정말 이상하네.'

물론 이해가 영 안 가는 것은 아니다. 일전에 마족과 다크엘프 일족이 거주하는 지역이 던전이 된 경우도 봤으니 말이다.

'거대 드워프는 몇 명이나 돼?'

정령들이 본 숫자를 합산하니 대략 5천 정도에 달했다.

'그럼 공동 안에 있는 거대 드워프들도 타이탄과 비슷한 아이템을 타고 있어?'

-그건 아니에요.

대충 정보는 수집했으니 이제 들어가 봐야겠다.

다크드워프족의 보고

마누가 바닥에 그린 던전의 지형은 인간의 상체 뼈를 연상하게 만들었다.

던전에 들어가면 머리에 해당하는 거대한 공동으로 이어지는 넓은 길이 척추뼈에 해당하고 양옆에는 일정한 간격으로 채광을 위한 동굴이 뚫려 있어 마치 갈비뼈를 연상하게 만들었다.

게이트 안으로 들어가자 에너지 이변으로 인해 바뀐 대기 중의 마기보다 열 배 이상 농후한 마기가 먼저 그를 반겼다.

'마족에게는 꿈에 그리는 장소겠네.'

마기가 농후한 것에 더해서 순도까지 아주 높았다.

가온은 이곳의 마기가 탐이 났지만 그럴 때가 아니었다.

영체화 스킬을 사용한 상태에서 소리 없이 던전 안으로 빠르게 이동했다.

중간에 보이는 동굴들의 안쪽에서 곡괭이질 소리가 들렸지만 무시를 하고 최대한 빠르게 거대한 공동이 있는 곳으로 이동했다.

게이트에서 대략 1킬로미터 정도 들어가자 갑자기 시야가 확 열렸다.

'정말 어마어마하게 거대한 공동이네.'

지름이 500미터가 넘고 높이만 해도 100미터가 훌쩍 넘는 거대한 원형 공동이었다.

공동 안은 중앙에 있는 거대한 피라미드 형태의 건물을 중심으로 네 부분으로 나뉘어 있었다.

두 부분은 공방으로 보이는 거대한 직사각형 건물들로 채워져 있었고, 나머지 두 부분은 주거용으로 보이는 건물군이 밀집한 지역과 제법 큰 저수지를 중심으로 버섯을 키우는 것으로 보이는 통나무들과 거대한 도마뱀들을 가둔 목책이 있는 지역이었다.

'마계인지 확실하지는 않지만 본래 거대 드워프족이 살던 곳이 통째로 던전이 된 것은 확실하네.'

그와 함께 가온의 관심을 끈 것은 거대한 공동의 중앙에 위치한 피라미드 형태의 거대한 건물이었다.

'대체 안에 뭐가 있기에 이렇게 농후한 마기가 방출되는

거지?'

안으로 통하는 문은 하나밖에 없었는데 엄청나게 컸고 열려 있는 상태였지만 안은 보이지 않았다.

그리고 정령들이 말한 대로 피라미드 형태의 건물 주위에는 드워프들이 겹겹이 서 있었는데, 대부분 키는 2미터를 상회했지만 체형은 영락없는 드워프였다.

'이 거대 드워프들은 정말 피부가 짙은 암갈색이네.'

거기에 절반 이상은 관자놀이 부위에 뿔이 있었는데 모두 마기를 방출하고 있었다.

가온이 막 공동의 중앙에 있는 피라미드 형태의 건물 안으로 침투하려고 했을 때 그의 귀에 미세한 소음이 들렸다.

'이건?'

틀림없이 인간의 비명이었다, 그것도 여자의.

가온은 공동의 벽에 나 있는 수많은 동굴 중 비명이 새어 나온 곳으로 날아갔다.

입구에 파쇄기로 보이는 기계 장치가 놓인 동굴은 꽤 길었는데 안에는 50여 명의 인간들이 헐벗은 차림으로 곡괭이질을 하거나 광석을 수레에 담아서 파쇄기가 있는 입구 쪽으로 나르고 있었다.

비명을 지른 여자는 너무 말라서 나이를 추정하기는 힘들었지만 대략 머리카락의 색깔이나 피부 상태로 볼 때 20대 정도로 보였는데, 천 조각에 가까운 치마로 겨우 사타구니만 간신히 가리고 있었다.

'엘프 혼혈이네.'

가온은 여인의 몸에서 약하지만 정령력을 느낄 수 있었다.

엘프 여자의 등에는 선명한 채찍 자국과 함께 피가 흘러 나오고 있었는데, 채찍의 주인은 한쪽에 앉아 있는 드워프였다.

몸집은 컸지만 전사나 대장장이는 아닌 듯 터질 것같이 달라붙는 바지만 입고 있는 놈의 얼굴에는 악의가 가득한 미소가 떠올라 있었다.

'드워프 마족이 맞네.'

기가스를 탄 것은 아니지만 관자놀이 한쪽에 작은 뿔이 돋아 있는 놈의 심장을 심안으로 살펴보니 역시 마정석이 있었다.

놈이 손에 쥐고 있는 긴 채찍의 끝이 붉게 변해 있는 것을 보니 채찍질을 당한 사람은 한두 명이 아닌 것 같았는데, 채찍을 맞은 여자가 쓰러져 있음에도 다른 사람들은 감히 쳐다보지도 못하고 자신의 일에 몰두하고 있었다.

가온은 놈이 장난 삼아서 여인에게 채찍질을 했다는 것을 깨닫고 시선을 광석으로 돌렸다.

마나석이나 금 혹은 은은 분명히 아니었다.

마치 수정처럼 빛을 내는 검은 돌이 박힌 광석이 잔뜩 쌓여 있었는데 한 번 곡괭이질을 할 때마다 수북이 떨어지는 것을 보면 화강암처럼 단단한 암석에 박혀 있는 것은 아니었다.

그런데 그 검은 돌을 보는 순간 묘하게 기시감이 들었다. 이전에 보거나 만져 본 적이 있는 것 같았다.

'저 검은 돌이 대체 뭐지?'

보석은 분명히 아니었다. 그렇다고 마나처럼 특정한 에너지를 함유한 것도 아니었다.

―나 저거 알아?

'뭔데 카오스?'

―마나석 광맥이 방출하는 마나를 마기로 바꾸는 아이템의 재료야.

카오스가 말한 아이템은 바로 흡발석이다.

'정말?'

―응. 일정한 자극을 받으면 한 에너지를 다른 속성의 에너지로 바꾸는 성질이 있어.

진화를 거듭한 지금의 카오스는 모둔처럼 거의 모든 속성의 에너지를 다룰 수 있으니 틀림없을 것이다.

'설마 드워프 마족이 흡발석을 만든 건가?'

드워프 종족의 특별한 능력을 고려하면 그럴 가능성이 아주 높았다.

'녹스, 카우마, 마누, 모두 이리 와 봐!'

정령들을 불러 모은 가온은 모든 동굴을 뒤져서 드워프 마족을 처리하고 흡발석의 재료로 확인된 광석들을 모조리 챙기도록 부탁했다.

노예처럼 채광을 하고 있는 사람들이 놀랄 것은 당연했지만, 그렇다고 자신이 모습을 드러내고 일일이 당부를 할 수도 없고, 아니테라의 전사들을 불러내어 그 일을 맡기기도 곤란했다.

'생각이 있으면 알아서 하겠지.'

혼란이 벌어지면 자신이 하는 일에는 더 도움이 된다.

'피라미드 형태의 건물에서 무슨 일이 벌어지고 있는지 모르니 서둘러야 해!'

정말 이곳에 있는 드워프 마족들이 영력이나 마나를 마기로 전환시키는 흡발석을 만들었다면 모두 없애야만 했다.

아니, 그런 능력을 가진 드워프 마족들이 기다리는 일이라면 뭐든 가온이나 이 마툰 차원에는 좋지 않은 일일 테니 당장 피라미드 안으로 들어가서 확인을 해야만 했다.

가온은 무사히 피라미드 건물 안으로 잠입했다.

건물의 내부는 바깥쪽과 마찬가지로 피라미드 형태의 사각뿔 형태의 공간이었는데 가온의 눈길을 끈 것은 바닥에 새긴 수많은 마법진이었다.

'텔레포트 마법진?'

마법진의 크기는 작았지만 틀림없었다. 자주 사용하다 보니 자연스럽게 머리에 각인되었다.

'왜 텔레포트 마법진이 이렇게 많은 거지? 설마 이곳이 무슨 정거장과 같은 장소인가?'

그런 생각을 하면서 마법진들을 살피던 가온이 하마터면 소리를 낼 뻔했다.

벽과 천장에 박힌 발광석의 빛 때문에 처음에는 보지 못했지만 각 마법진의 주위에는 흐릿하게 보이는 인간의 형체들이 두셋씩 있었다.

'영인?'

심안을 발동해서 살펴보니 영인이 맞았지만 가온이 아는 영인은 아니었다.

형체도 더 선명했고 머리에 뿔이 있었으며 영력과 마기를 동시에 방출하고 있었다.

'마족도 영인이 될 수 있구나. 그런데 왜 영인이 여기에 있는 거지?'

완벽한 영인은 아니었다. 안력을 집중하면 형체를 알아볼 수 있었다. 거기에 심안을 발동하면 연기로 이루어진 것 같은 영인의 외모를 어느 정도 파악할 수 있었다.

가온이 영인들을 살펴보고 있을 때 마법진 중 하나가 활성화되고 있었다. 그리고 얼마 후에 마법진을 감쌌던 빛이 사그라들었다.

마법진 중앙에 나타난 자들은 짙은 암갈색 피부를 가진 드워프 마족으로 열 명이었다.

'호오!'

세 명은 뿔이 세 개였고, 나머지 일곱 명은 뿔이 두 개로 발산하는 기도나 품고 있는 마기의 양으로 봐서 절반은 소드 마스터 중급 이상의 강자였고, 둘은 초급이었으며 나머지 셋은 상대적으로 평범했지만 눈빛이 아주 깊고 강했다.

'드워프 마족의 수뇌부로 보이는데 어딜 다녀오는 길인가?'

밖에서 기다리는 자들의 규모나 태도를 보면 그런 것 같았지만 확신할 수는 없었다.

드워프 마족의 수뇌부가 막 마법진을 벗어나고 있을 때 영인 한 명이 그들을 맞이했다.

'호오! 뿔이 두 개네.'

게다가 외모가 굉장히 아름다웠다. 영인이라는 사실이 안타까울 정도였다.

"오니, 가셨던 일은 잘 마무리하셨나요?"

오니라고 불린 거대 드워프는 새하얀 턱수염을 기르고 있었는데, 피부는 팽팽했고 머리카락은 윤기가 흐르는 붉은색이어서 강한 위화감이 느껴졌다.

"크하하핫! 호렌이 걱정해 준 덕분에 잘 처리했소."

"이주에 필요한 재원을 마련하셨으니 곧 원하시던 차원으로 이주하실 수 있겠군요. 미리 축하드려요!"

"하하하. 축하 인사는 이곳을 떠날 때 다시 받겠소. 이번 출장에서 소득이 있었지만 아직 부족한 것들이 좀 있어서 한 번 더 순회해야만 할 것 같소."

"안타깝네요."

"괜찮소. 마계의 부속 차원 중 가장 다양하고 많은 광물이 묻힌 곳을 얻는 중대한 일인데 쉽게 해결이 되면 그게 더 이상한 것이오. 아! 신마신 상단에서 책임자는 왔소?"

"곧 건너온다는 소식은 받았어요. 오니께서 원하시는 물건들 때문에 다른 마신전들은 물론이고 저희 상단도 아주 바쁘다고 들었어요. 구하시는 물건이 워낙 다양한 데다가 양이 많아서 물건은 물론 아공간 아이템들을 모으느라고 상단원들이 발바닥에 땀이 나도록 뛰고 있답니다."

호렌이라는 영인이 말하는 것을 들어 보니 오니는 이름이 아니라 일족의 수장이라는 의미가 담긴 호칭인 것 같았다.

"크하하핫! 전 차원을 넘나드는 신마신 상단의 영인상들이 발바닥에 땀이 날 정도로 뛴다니. 그래야지. 역시 구하지 못할 것이 없다는 신마신 상단다운 태도요. 그래서 말인데 노예를 좀 알아봐 주시오."

"노예가 더 필요하신가요?"

"이 차원의 아인종은 부리기는 좋은데 너무 약해서 쉽게 죽어 버리니 이번에는 특별히 강건한 육체를 가진 놈들로 부탁하오. 이곳을 떠나기 전까지 콘베로시오 스톤을 최대한 많이 채굴할 생각이오."

"얼마나 필요하신가요?"

"지난번의 두 배인 20만 정도면 될 것 같소."

"그렇게 많이 필요하신 것을 보면 최근 마계 확장에 핵심적인 역할을 하고 있는 콘베로마키나의 새로운 판로를 뚫으셨나 보네요?"

"하하하. 마신전들이 구입해 간 콘베로마키나 덕분에 해당 마신전의 영역은 확실하게 본계와 비슷해져서 곧 포탈까지 열 수 있게 되었으니 슬슬 마왕들도 욕심이 나는 모양이오."

"마왕들이 드디어 움직이는군요."

"중첩된 차원의 기준점 중 하나인 이 마툰 차원이야 이미 마신들의 전장이 되었지만 마왕들이 욕심을 낼 정도의 차원은 많으니 그럴 수밖에. 그리고 콘베로마키나만 있으면 원하는 차원의 대기 조성을 마계처럼 바꿀 수 있으니 당연히 우리를 찾아와야 하지 않겠소."

가온은 둘의 대화를 통해서 아주 중요한 정보를 알 수 있었다.

'마툰 차원이 굉장히 중요한 곳이었네.'

그러니 이곳이 마신들의 손아귀에 넘어가지 않게 막는 것만으로 전 차원에서 벌어지고 있는 침식을 일정 시간 동안 늦출 수 있는 것 같았다.

또한 흡발석과 비슷한 역할을 하는 검은 아이템의 이름이 콘베로마키나이며 드워프 마족이 그것을 발명했다는 사실을 알 수 있었다.

'그럼 콘베로시오 스톤이라는 광물이 콘베로마키나를 만드는 주재료겠군.'

"알겠어요. 다크드워프족은 저희 신마신 상단에서 가장 중요한 고객이니 최대한 빨리 노예를 구해 드릴게요."

짙은 암갈색 피부색 때문인지 드워프 마족들은 다크드워프족이라 불리고 있었다.

"부탁하겠소, 호렌."

호렌이라는 영인이 오니라고 부른 다크드워프가 뭔가 쥔 손을 내밀었고 내용물이 영인의 손에 떨어졌다.

'저건 영석?'

영인의 손에 떨어진 순간 사라진 물건은 분명히 영석이었다.

아주 짧은 순간이었지만 가온은 그것이 상급 영석이라는 사실을 알아봤다.

"어멋! 이런 귀한 물건을! 정말 감사해요!"

이제까지도 나긋나긋했던 영인 여자의 말투가 대번에 바뀐 것으로 보아 상단의 일원으로 보이는 영인에게 상급 영석이 얼마나 큰 가치를 가지고 있는지 알 수 있었다.

"하하하. 평소 호렌이 우리 일족에게 베푸는 선의에 비하면 아무것도 아니오. 나중에 우리 일족이 불하받은 차원으로 이주할 때 더 큰 선물을 하리라."

"항상 챙겨 주셔서 정말 감사해요."

"감사는 무슨."

그렇게 말한 다크드워프는 주위를 둘러보더니 마기를 방출해서 두 사람을 감싸는 얇은 막을 만들었다.

'마기를 자연스럽게 사용하는 것으로 봐서 소드마스터 중급 정도는 되는군.'

가온은 그자의 행동을 통해서 뭔가 은밀한 대화를 나누려는 것으로 파악하고 귀에 마기를 집중시켰다.

될까 싶었는데 마기의 막에도 불구하고 오니라는 자의 음성이 들렸다.

소리의 세기가 확 낮아졌지만 마기로 증폭한 청력으로 충분히 들을 수 있을 정도였다.

"혹시 이 차원에 대한 새로운 소식은 없소?"

"오니께만 말씀드리는 건데 이 차원에 자리를 잡은 마신 크렛의 추종자들이 새로운 목표가 된 것 같아요."

"누구에게 말이오?"

"지난번에 말씀드린 대로 마신 라케움의 세력을 단시간에 말살한 연합 세력인데, 하나는 이계인들이 주축인 세력이고 다른 하나는 아직 정체가 밝혀지지 않았어요. 얼핏 안타레 지역에 자리를 잡고 있었던 용병단이라는 말을 들었는데 그

건 아니에요. 제 정보원들이 파악한 바로는 그 지역에 그 정도로 강력한 세력이 없거든요."

호렌이라는 영인의 말을 들은 가온은 깜짝 놀랐다.

저 영인이 그런 사실까지 파악하고 있을 줄은 몰랐기 때문이다.

'정보 길드 쪽에 통하는 선이 있나 보네.'

이렇게 되면 라친다를 포함한 정보 길드와 너무 깊은 관계를 가지면 안 될 것 같았다.

"상황이 그렇다면 그쪽과 좋은 거래를 할 수 있을 것 같은데, 호렌이 다리를 놔줄 수 있겠소?"

"어떤 거래인가요?"

"잘 알려지지 않은 차원의 고대 유적에서 발견한 전투용 슈트를 기반으로 우리가 그동안 꾸준히 개량했던 기가스 슈트가 완성되었소."

"광산을 감독하는 다크드워프 전사 중 일부가 착용한 슈트를 말씀하시는 거군요?"

"오! 그 말을 들으니 드디어 완성한 모양이구려. 완성되면 종종 사고가 발생하는 광산의 전사들에게 착용하라고 했었소. 수십 종류의 합금은 물론 마정을 사용해서 제조했기에 신체 능력은 다섯 배, 마기는 세 배까지 증폭해서 사용할 수 있으니 전사의 역량이 대폭 상승할 거요."

"구동원은 따로 없나요?"

처음 듣는 내용임에도 불구하고 호렌이라는 영인의 반응은 침착했다.

그리고 질문을 통해서 오니의 말을 신뢰한다는 사실도 알 수 있었다.

"당연히 있소. 영석이오. 거기에 영력을 마기로 변환시키는 콘베로마키나도 들어갔다오. 중급 영석으로 24시간 동안 기동할 수 있는데, 당연히 전투 시에 사용할 경우 기동 시간이 크게 줄었소. 하지만 슈트를 착용하면 전사는 한 단계 이상의 실력을 발휘할 수 있어 단기 전투에서 엄청난 전력이 될 것이오."

비록 구동원이 영석이기는 하지만 타이탄이 틀림없었다.

"검증은 된 건가요?"

"이제 막 기가스 슈트를 완성했으니 검증 과정을 거쳐야 겠지만, 우리가 개발에는 성공했어도 재료 문제로 꾸준하게 생산하기는 어렵소. 이주에 따른 비용을 충당하기 위해서 특별히 판매하려는 것이니 대대적으로 소문을 낼 생각도 없소. 호렌이 이 거래를 주선한다면 섭섭하지 않게 챙겨 드리리다."

오니라는 자의 말을 들은 가온은 내심 살심(殺心)을 굳혔다.

'안 그래도 강력한 마계의 전력에 타이탄까지 추가되면 골치가 아파질 거야!'

"호렌, 검증이 끝나면 따로 부를 테니 준비를 하고 있으시오. 그리고 이 소식은 누구도 알아서는 안 되오."

"물론이지요. 이제까지 호렌은 단골의 믿음을 저버린 적이 없답니다."

"하하하! 알지! 아니까 이렇게 은밀한 거래를 주선해 달라고 부탁하는 것이오. 마신 크렛은 다른 마신과 달리 전투 쪽의 능력은 많이 부족하니 좋은 거래가 될 것이오. 대금은 메디카멘툼으로 받기를 원하오."

"호호호. 알겠어요. 전투력은 부족하지만 대신 회춘은 물론 잃었던 성 능력까지 되찾게 해 주는 메디카멘툼을 제조할 수 있는 유일한 마신이 바로 크렛이니까요."

"하하하. 내가 필요한 건 아니오. 나야 아직까지 건강하니까. 다만 차원이나 거래 상대에 따라서 황금이나 마정석 그리고 마나석은 가치가 달라지지만, 복용할 경우 10년 이상 젊어지고 성 능력까지 되찾을 수 있는 메디카멘툼이라면 마신이나 마왕에게 진상하기에도 적합하고 환금성이 아주 높아서 말이오."

"무슨 말씀인지 알겠어요. 어지간해서는 구할 수 없는 물건이지만 전투력 강화가 간절한 이 시점이라면 양측에 좋은 거래가 될 것 같아요. 몇 시간만 기다리시면 제가 오니를 찾아뵐게요."

"그럼 기다리겠소. 가능하면 검증하는 자리에서 거래를

하고 싶으니 대사도급이 방문해 주길 바라겠소."

"그야 물론이죠. 가능하면 물건을 지참하고 방문할 수 있도록 추진해 볼게요. 그런데 판매할 기가스 슈트는 몇 벌인가요?"

"하하하. 역시 호렌이구려. 판매할 기가스 슈트는 총 1천 벌이오."

"알겠어요. 다녀올게요."

그렇게 오니라는 다크드워프가 밖으로 나갔지만 가온은 그의 일행을 따라가지 않았다.

호렌이라는 영인의 행적이 더 궁금해서 카오스를 오니에게 딸려 보내고 자신은 영인의 뒤를 쫓을 생각이었다.

호렌은 막 영석을 갈아 끼우는 작업을 끝낸 영인을 잠시 쳐다보더니 홀연히 사라졌다.

가온은 내부를 샅샅이 뒤졌지만 호렌이라는 영인은 찾을 수 없었다.

자신과 달리 몸이 완전히 입자화된 상태가 아니라 흐릿한 형체를 가지고 있어서 완벽한 영체화를 한 건 아니라고 생각했는데, 공간 이동술은 사용할 수 있는 것 같았다.

이렇게 되면 어쩔 수 없이 호렌이라는 영인을 포기하고 다크드워프족에게 초점을 맞추어야만 했다.

가온이 안에 머무르고 있는 동안 환영식이 끝났는지 밖에는 흩어지는 다크드워프들이 보였다.

그리고 한데 뭉쳐서 인근에 있는 큰 건물로 향하는 무리도 있었다.

가온은 그 무리에서 오니라고 불린 다크드워프가 있는 것을 보고 조심스럽게 그 뒤를 따랐다.

건물을 지키는 전사가 있었지만 무리의 바로 뒤를 따라 들어가는 가온의 존재를 전혀 알아차리지 못했다.

20명 정도의 다크드워프가 한방으로 들어갔는데 집무실인 것 같았지만, 평소 회의를 이곳에서 하는지 긴 장방형의 테이블과 의자들이 있었다.

가온은 문이 닫히기 전에 마지막 드워프와 붙다시피 따라 들어가서 한쪽 구석에 자리를 잡았다.

"자, 다들 앉지."

오니가 먼저 착석을 하자 나머지도 하나둘 자리에 앉았다.

"브렌, 내가 없는 동안 찾아온 손님들은 잘 처리했나?"

"네, 오니. 총 여섯 곳에서 방문해서 콘베로마키나를 추가 구입 의사를 밝혔습니다."

처음에는 모두 비슷해 보였지만 눈에 익어서 그런지 이젠 외모를 어느 정도 구별할 수 있었는데, 브렌은 동공이 검붉은 다른 드워프와 달리 붉은 기가 옅은 동공과 잘 다듬은 턱수염을 가진 장년의 드워프였다.

"늦게 건너온 마신전인 모양이군."

"네. 이미 자리를 잡은 마신전들은 이제 지부 확장보다는 포탈을 완성하는 데 더 집중하고 있으니까요."

"포탈을 연 마신전은 얼마나 되지?"

"오늘 아침에 마신 상단에서 보낸 정기 보고서에 따르면 총 세 곳입니다."

"그것밖에 안 되나?"

"네! 하지만 반년 이내에 다섯 곳이 추가될 예정입니다."

"아직 안정화된 건 아니지?"

"그럼요. 석 달은 더 지나야 본계에서 고위급 마족이 건너올 수 있을 정도로 안정될 겁니다. 본계의 공간이었던 던전을 포탈로 바꾸려면 막대한 양의 영석이 필요한 데다가 지속적으로 마기를 주입해서 안정화를 시켜야만 하니 결코 쉬운 일이 아닙니다."

거기까지 들은 가온은 내심 안도했다.

'석 달이 되기 전에 모든 포탈을 부숴야지!'

일단 포탈이 완성되면 마전사와는 차원이 다른 마계의 전사들이 밀려오듯 건너올 것이다.

거기에 사도와 사제까지 생각하면 아무리 가온이라도 겁이 날 수밖에 없었다.

문제는 포탈을 연 마신전의 이름을 모른다는 것이다. 그래서 더욱 이들의 대화에 집중할 수밖에 없었다.

하지만 이어지는 대화의 내용은 가온에게 중요하지 않아

서 계속 들어야 하는지 살짝 조바심이 났다.

다크드워프들의 대화를 듣는 가온은 자신이 원하는 정보가 나오지 않아서 지루하고 짜증이 났지만 꾹 참고 계속 경청했다.

그런 가온의 눈이 어느 순간 커졌다.

"기가스는 몇 기나 완성됐나?"

"총 3천 기인데 2,900기는 비고에 보관해 두었고 나머지 중 30기는 시험 삼아서 광산 감독관들에게 지급했습니다. 70기는 제가 가지고 있는데, 드릴까요?"

"주게."

아공간 카드만 봐서는 기가스를 파악할 수 없었지만 카드를 쳐다보는 가온의 눈빛은 강렬했다.

그때 노크 소리와 함께 손님의 방문을 알리는 소리가 들렸기 때문이다.

찾아왔다는 손님은 호렌이라는 영인이었다.

"대충 들을 건 다 들은 것 같으니 다들 나가 보게. 난 손님을 좀 만나야겠네."

"네, 오니!"

다크드워프 수뇌들이 회의실을 빠져나간 후에 흐릿한 형체의 영인이 들어왔다.

"하하하. 역시 약속은 칼같이 지키는구려. 그래, 알아봤소?"

"네. 대사도를 만났는데 그런 기가스 슈트가 있다고 하니 반색을 하더군요."

"그럼 일단 만나서 거래를 조율해야겠구려."

"일단 그쪽에서 기가스 슈트 한 벌에 메디카멘툼 10개를 내놓겠다고 제의했어요."

"10개라니! 말도 안 되오."

오니는 황당하다는 표정을 지었다.

"메디카멘툼 한 알에 고급 영석 10개로 거래가 된다는 사실을 생각하면 부족한 대가는 아닌 것 같은데요."

"슈트를 수납할 수 있는 전용 아공간 카드까지 합해서 고급 영석 50개는 받아야겠소. 참고로 우리는 밀당 할 생각이 전혀 없소. 어차피 우리 일족의 이주 건도 있고 재료 수급이 어려워서 한동안 제작하기 힘드니 희소성까지 갖춘 상품이오."

"알겠어요. 일단 그쪽에 오니께서 하신 말씀을 전할게요. 그런데 지금 마신전의 상황이 좋지 않아서 검증을 위해 이곳에 방문할 시간이 없다고 하는데 어떻게 할까요?"

"그럼 기가스 슈트가 보관된 아공간 카드를 내줄 테니 직접 확인하라고 하시오."

오니는 그렇게 말하면서 카드 열 장을 주었다.

"마기를 주입하면 기가스가 소환될 것이오. 주인 인식은 필요 없으니 운용해 보라고 하시오. 생각보다 간단해서 자세

예지몽으로
히든랭커

하게 설명할 필요는 없을 거요."

"알겠어요. 만약 그쪽이 거래를 거부하면 다른 쪽을 알아볼까요?"

"그렇다면 룩스 마왕이 부속 차원 개발에 가장 적극적이라고 들었소. 그쪽을 알아봐 주시오."

"알겠어요. 그럼 알아보고 다시 찾아뵐게요."

"고생하시오. 그리고 늘 하는 말이지만 고맙소."

오니는 끝까지 호렌에게 호감을 표시하며 그녀를 보냈다.

호렌이 떠나고 혼자 남은 오니는 뭔가 고민이 있는지 자신의 손으로 목을 주물렀다.

"지금까지 만든 베이직 등급의 슈트에 대한 대가로 받을 메디카멘툼을 마왕을 비롯한 고위급 마족들에게 모두 판다고 해도 우리가 원하는 차원석을 구하려면 부족해."

그렇게 혼잣말을 한 오니는 한동안 말없이 고심했다.

'차원석? 대체 무슨 목적으로 차원석을 구하려는 거지?'

가온은 너무 궁금했지만 그렇다고 오니에게 물어볼 수는 없었다.

'이제 슬슬 빠져나가야 하는데. 처리할까?'

심안으로 살펴본 오니는 소드마스터 중급 실력자다.

자신보다는 약하지만 한 수에 끝장을 낼 수 있다고 장담할 수는 없었다.

흡발석과 동일한 효과를 가지고 있는 물건까지 만들어 낼 정도의 능력을 가진 드워프족의 수장이니 어떤 호신 아이템을 두르고 있을지 알 수 없으니 말이다.

그런데 얼마 후에 한 손님이 그를 찾아왔다. 아까 회의 때 오니의 질문에 대답을 했던 브렌이라는 드워프였다.

"무슨 일인가?"

"채광 작업을 감독하던 하급 전사들이 누군가에게 살해당했습니다. 전사들이 흔적을 찾아서 수색하고 있습니다."

정령들이 한 일이 이제야 놈들에게 파악된 것이다.

"노예들은?"

"극소수는 탈출을 하려고 했는지 굴을 벗어나서 죽였지만 나머지는 쉴 시간이 생겼다는 것에 만족한 채 굴 안에 머무르고 있습니다."

브렌의 대답을 들은 가온은 미처 사람들을 챙길 생각까지는 못 했지만 이렇게 무기력하게 변했을 줄은 몰랐다.

"그러고 보니 이번 노예들의 상태는 어떤가?"

"이대로라면 태반이 일주일 안에 죽을 것 같습니다. 작업 효율이 눈에 띄게 하락하고 있습니다."

"호렌에게 새 노예들을 구해 달라고 했으니 도착하는 대로 기계인간 연구소로 보내 버려."

"안 그래도 실험체가 부족하다고 징징거리던데 잘됐네요."

예지몽으로
히든랭커

"지금까지 연구소에 실험체를 얼마를 보낸 거지?"

"이번에 보낼 실험체까지 고려하면 200만이 조금 넘습니다."

브렌의 대답을 들은 가온은 기함을 했다. 그럼 200만 명이나 되는 인간, 혹은 아인종이 실험체로 끔찍하게 죽어 갔다는 의미였기 때문이다.

'모두 죽여야겠군.'

생명을 하찮게 여기는 자들이다. 그러니 그들의 생명 역시 하찮게 취급할 수밖에 없었다. 안 그래도 살심이 들었는데 확정을 시켜 주었다.

"그런데도 아직 제대로 된 기계인간을 만들어 내지 못한 거야?"

"몸통과 사지를 기계로 바꾸는 실험까지는 성공했지만 뇌 이식 문제가 아직 해결되지 않았습니다. 세뇌 문제도 해결되지 않았고요."

놀랍게도 다크드워프족은 타이탄 개발은 물론 뇌를 제외한 신체 모두를 기계로 대체한 새로운 전투 무기를 만들고 있었다.

그것도 인공지능이 아니라 뇌만 이식한 기계인간을 개발하고 있었다.

"자네가 채근을 좀 해. 빨리 성과가 나오지 않는다면 더이상 연구를 끌고 갈 수 없을 거라고. 적어도 우리가 새로운 차원으로 이주할 때까지는 결과가 나와야 할 거야."

"네, 오니!"

"기가스 슈트 쪽은 어때?"

"베이직 등급에 이어 슈퍼리어 등급을 개발하고 있는데 지금까지는 성공적입니다. 그리고 오니께서 떠나기 직전에 시작된 타이탄 연구의 성과가 아주 고무적입니다."

"그래?"

가온은 타이탄이라는 단어가 언급되자 깜짝 놀랐다.

'기가스에 이어 타이탄까지? 아이테르 차원의 타이탄이 맞나?'

그때 가온의 의구심을 풀어 주는 대답이 나왔다.

"아이테르 차원의 고대 유적에서 입수한 고대 유물 덕분입니다."

아이테르 차원은 가온이 아틀라스와 세 황비 타이탄을 얻은 곳이다.

아마 다른 고대의 제국 측이 개발한 타이탄을 다크드워프 족과 관련이 있는 마족 세력이 입수한 것이 틀림없었다.

"그 물건들이 그렇게 수준이 높나?"

"네. 타이탄의 재료를 분석해 보니 우리가 모르고 있던 합금들이 13종이나 나왔습니다. 게다가 15기 중 지금 보고에 보관하고 있는 가장 거대한 3기에는 아예 금속 정령을 심어 버렸습니다. 그래서 정령과 계약만 하면 타이탄을 제대로 운용할 수 있습니다. 저희가 예상한 것처럼 아이테르 차원의 고대에 살았던 우리 드워프족의 선조들이 개발한 것이 확실한 것 같습니다."

"내 생각에도 그래. 아인종의 문명은 보통 리셋이 반복되지만 우리 드워프의 선조인 고 드워프가 아니라면 그런 물건을 만들지 못했을 테니까. 역시 고 드워프들이 살았던 차원의 문명 수준은 다르군."

"그렇습니다. 하지만 저희 다크 일족의 선조들이 금지된 대량 살상 무기를 개발해서 다른 아인종을 상대로 실험을 했다는 명목 때문에 마계로 추방되지만 않았다면 저희는 아인종 중 가장 강력한 전투력을 보유했을 겁니다."

"빌어먹을 천족 놈들! 그깟 아인종의 생명이 뭐 그리 중요하다고. 전 차원에 걸쳐 일어난 내전으로 인해서 인구의 95%가 죽고 수없이 많은 지식과 기술이 실전되는 바람에 우리 드워프족은 대부분의 차원에서 인간과 엘프는 물론 오크에게 밀려 버리고 한낱 맥주나 좋아하는 무식한 대장장이로 전락하고 말았어."

"참으로 안타까운 일입니다."

거기까지 대화가 이루어졌을 때 갑자기 오니라는 자가 뭔가 생각난 듯 자리에서 벌떡 일어나며 소리쳤다.

"아! 그런데 노예들은 안 죽이고 감독관만 죽였다는 거지?"

"네. 생명력 탐지기와 마나 및 마력 탐지기까지 사용해서 범인을 대대적으로 수색하고 있습니다."

브랜의 대답을 듣고 잠시 뭔가 생각하던 오니의 얼굴이 딱딱하게 굳었다.

"혹시 혼란을 유도하려고 감독관들을 죽인 건가?"

"아! 다, 당장 보고에 가 봐야겠습니다!"

오니의 질문에 브렌의 얼굴이 순간적으로 하얗게 변했다.

"거긴 조사하지 않았나?"

"제 실수입니다. 열 겹이나 되는 마법진과 수십 개의 함정이 있어서 아예 생각조차 하지 못했습니다."

"제기랄! 이미 본계에서 건너온 마신의 분혼이 셋이나 되는 것을 몰랐나! 분혼이라면 충분히 그런 짓을 할 수 있단 말이야! 가자!"

"네, 오니!"

두 다크드워프가 초조한 얼굴로 문을 박차고 뛰어나갔다.

두 드워프가 황급히 달려간 곳은 건물 후면에 딸려 있는 일종의 선룸이었다.

불투명한 유리로 만든 온실과 같은 선룸의 삼면에는 다양한 식물이 담겨 있는 화분들이 벽을 따라 놓여 있었다.

'그냥 온실이 아니군.'

오니가 팔뚝에 차고 있는 팔찌를 별다른 특징이 없는 바닥에 가까이 댄 순간 소리 없이 바닥이 열렸다. 그리고 아래로 내려가는 계단이 나타났다.

계단이 나타났지만 오니는 바로 내려가지 않고 입구 아래쪽에 부착된 장식품으로 보이는 작은 동물상의 얼굴 부분에 팔찌의 한쪽을 가져다 댔다.

그러자 아래로 내려가는 계단의 위치가 반대로 바뀌었다.

'일루전 마법진!'

처음의 계단은 환상이었다. 진짜 계단은 반대편에 있었다.

만약 입구를 열고 바로 계단을 밟았다면 틀림없이 그냥 추락했을 것이고 십중팔구 목숨을 노리는 무서운 기관 장치나 마법진이 작동되었을 것이다.

오니라는 드워프가 차고 있는 팔찌는 마법진과 함정을 무력화하는 아이템이 분명했다.

막 두 드워프를 따라 계단을 내려가려고 했던 가온은 미묘한 위화감을 느끼고 몸을 멈추었다. 육감이 발동한 것이다.

'무시할 정도의 위화감이기는 한데…….'

잠시 고민하던 가온은 심안을 열어서 입구와 내려가는 계단을 면밀하게 살폈는데 딱히 걸리는 건 없었다.

'내가 과민했나?'

그런 생각을 하면서 조심스럽게 계단으로 발을 내리는 순간 아까 느꼈던 위화감이 더욱 강해졌다.

황급히 발을 들어 올린 가온은 영체화 스킬을 해제하고 투명화 스킬을 사용한 후 발을 내렸는데 이번에는 위화감을 느낄 수 없었다.

'뭔가 있기는 하군.'

아무래도 영체를 감지하는 마법진이 숨겨져 있는 것 같았다.

하긴 공간을 접어서 이동할 수 있는 영체의 능력과 피라미드 형태의 건물 안에 상당히 많은 영인들이 있다는 사실을 생각하면 이런 마법진이 숨겨져 있는 것을 충분히 이해할 수 있었다.

'대체 뭘 숨겨 놨기에.'

혀를 찬 가온은 무음보를 펼쳐서 빠르게 계단을 내려가기 시작했다.

얼마 후 도착한 계단 끝에는 마치 이 던전의 게이트처럼 특별한 빛의 파장으로 이루어진 입구가 보였다.

'창고인가?'

아니, 브렌이라는 드워프의 말에 따르면 보고였다.

'어떤 보물들을 숨겨 놓았을까?'

기대를 안고 조심스럽게 안으로 진입한 가온의 눈이 커졌다.

'여긴?'

처음에는 던전 안에 있는 또 다른 던전이라고 생각했다. 작은 세상이라고 부를 만큼 거대한 공간이 나타난 것이다.

하지만 던전은 분명히 아니었다. 높은 천장 한가운데는 마치 태양처럼 빛을 방출하는 커다란 구체가 떠 있었고, 그 아래에는 한눈에도 고대 유적임을 알 수 있는 거대한 건축물들이 즐비하게 들어선 도시가 있었다.

그런데 인상적인 것은 건축물의 크기가 하나같이 엄청나게 크다는 사실이다.

마치 거인이라도 살았던 것처럼 말이다. 아마 오니가 잠깐 언급했던 고 드워프의 유적지라도 되는 것 같았다.

하지만 이상하게 중앙의 거대한 원뿔 형태의 건물을 향해 달려가고 있는 두 드워프를 제외하고는 아무런 생물체도 느껴지지 않았다. 아예 생명력 자체를 느낄 수 없었다.

가온은 등으로 마기를 보내 날개를 만든 후 빠르게 날아서 두 드워프를 따라잡았다.

영체화가 아니라 투명화 스킬을 사용하고 있는 상태라서 두 드워프의 감각에 걸릴까 걱정했지만 다행히 그들은 이제 막 도착한 원뿔형의 건물 안으로 뛰어 들어가느라고 그의 존재를 전혀 인지하지 못했다.

건물의 층고가 워낙 높아서 드워프와 10미터 정도 거리를 유지한 상태로 날아서 따라갔는데 그들의 발은 곧 멈추었다.

"후유! 다행이다!"

"식겁했습니다!"

건물의 중앙에는 희미하게 보이는 종 형태의 막이 있었

는데 지름은 대략 50미터에 높이는 300미터에 이를 정도로 거대했다. 그리고 그 안에는 100여 개의 물건이 둥둥 떠 있었다.

막의 상층부 가까이 날아간 가온은 심안을 유지한 상태에서 감정 스킬까지 발동해서 안쪽에 떠 있는 물건들을 살펴보던 가온의 눈이 튀어나올 듯 커졌다.

'저건 전설 등급! 오오! 서사 등급도 있어!'

막 안에 떠 있는 100여 개의 아이템은 최하가 유일 등급이었던 정도로 엄청난 보물들이었다.

'보고가 맞군.'

그런 생각을 할 때 아래쪽에서 오니의 말이 들렸다.

"너무 과민했던 것 같군. 대부분 에고가 깃들어 있어서 스스로 주인을 찾는 아이템인 데다가 후손인 우리도 100년에 한 번만 안으로 들어가서 한 가지 아이템밖에 가지고 나올 수 없는데 외부인이 들어갈 수 있을 리가 없지."

"맞습니다. 게다가 수호 마법진에 영력이 다 채워져서 다시 열리려면 7년이 더 남았습니다."

"아! 기가스 슈트가 있는 창고를 확인해 보세."

"네, 오니!"

두 드워프는 미련이 뚝뚝 떨어지는 눈으로 종 형태의 막 안쪽을 쳐다보다가 옆으로 빠졌다.

그들이 도착한 곳에는 종 형태의 거대한 막과 비슷하지만 높이가 불과 5미터밖에 되지 않는 반원 형태의 막이 자리하고 있었다.

반원형의 보호막은 종 형태의 거대한 막과 달리 오니의 팔찌와 같은 아이템이 있으면 자유롭게 출입이 가능한 것 같았다.

막에 팔찌를 대자 불투명한 막의 색깔이 엷은 황토색으로 변했고 오니와 브렌이 들어간 것이다.

가온은 잠시 고민하다가 오니와 브렌이라는 자가 방출하던 기운에 맞게 자신의 기운을 조정했다.

대지 속성의 마기가 바로 그 기운이었는데 어려울 것이 전혀 없었다.

막을 통과하는 순간, 잠깐 걱정했지만 보호막은 아무 변화도 없었다.

막 안에 들어선 가온은 소리 없이 감탄했다.

'호오! 확장 공간이군.'

마법진으로 확장한 실내 공간은 5천 제곱미터에 달할 정도로 컸다. 그리고 사방의 벽은 물론 3단 높이의 선반들이 줄지어 서 있었는데, 굉장히 많은 숫자의 아이템이 진열되어 있었다.

주로 벽 쪽에는 무기가, 그리고 선반에는 아이템들이 있었는데 오니와 브렌의 발길은 가장 안쪽으로 향하고 있었다.

서둘러 그들을 따라간 가온은 가장 안쪽의 텅 비어 있던 공간이 오니가 팔찌를 작동하는 순간 입구로 변하는 모습을 볼 수 있었다.

"지금까지만 보면 별 이상은 없는 것 같습니다."

"그런 것 같기는 한데 이왕 왔으니 확인은 해 봐야지. 그리고 금속 정령과 결합시켰다는 타이탄은 개인적으로 궁금해서 한번 살펴보려고 하네. 따라오게."

"네, 오니!"

두 드워프의 발이 멈춘 곳은 미스릴 합금의 작은 판에 마법진이 보이지 않게 새겨진 카드들이 쌓여 있는 선반의 가장 윗부분이었다.

그곳에는 알 수 없는 합금으로 만든 카드 세 장이 놓여 있었다.

"일단 기가스 슈트 카드는 이상이 없군. 이 세 카드에 고 드워프가 만들었을 가능성이 높은 거대한 타이탄들이 봉인되어 있다고?"

"네. 연구원들이 소유자 각인을 풀어 놓아서 마나 혹은 마기를 주입하면 봉인된 타이탄을 소환할 수 있다고 했습니다."

"궁금한데 같이 구경해 보겠나?"

"아니, 네! 한번 보긴 했지만 그때는 자세한 내용을 몰라서 그저 거대한 인간형 기계인 줄만 알았으니, 이번에는 제대로 구경해 보고 싶습니다."

"하하하. 나는 아예 처음 보네."

물론 가온도 무척 많이 보고 싶었다.

보고의 새로운 주인

　오니가 세 카드에 차례대로 마기를 주입하자 실내에 거대
한 타이탄 3기가 나타났다.

　'아틀라스와 비슷해!'

　하얀색인 타이탄은 검은색인 아틀라스와 쌍둥이처럼 닮았
는데, 체고나 디자인까지 비슷했다.

　그리고 다른 2기 역시 황비 타이탄과 비슷했는데, 굴곡이
뚜렷한 허리와 둔부 라인 그리고 안면 부분까지 여성을 위한
타이탄임을 보여 주었다.

　"기동하는 법은 아직 찾아내지 못했다고?"

　"연구소장의 말로는 마기나 마나 주입에 더해서 다른 에
너지를 사용해야 기동하거나 계약을 할 수 있을 거라고 했

습니다."

"다른 종류의 에너지? 혹시 영력?"

"영력은 아닙니다. 피카 소장은 타이탄이 금속 정령과 결합되어 있는 것으로 봐서 정령력을 함께 주입해야 정령을 불러낼 수 있을 거라고 했습니다."

"흐음. 그럼 귀쟁이들을 좀 잡아 와야겠군. 이번 노예 중에서 엘프는 없었나?"

"꽤 있긴 했는데 오니께서 성과를 거둔 개발자들에게 색노(色奴)로 하사하셨습니다."

"에잉! 그럼 다 뒈졌을 거 아니야?"

"그, 그럴 겁니다. 엘프 암컷은 우리 다크일족의 여인이 아니면 우리 일족 남자들의 성욕을 감당하지 못하니까요. 수컷도 우리 일족 여자들의 성욕을 감당할 수 없고요. 게다가 개발 과정에서 쌓인 스트레스를 엘프들에게 풀다 보니……."

"무슨 말인지 알겠군."

가온은 자신이 생각하던 드워프족과 너무 다른 다크드워프족의 사고나 행동에 이들을 더 이상 드워프로 생각하지 않기로 했다.

'그냥 마족이네.'

이들은 공학적인 지적 능력과 손재주를 타고난 마족일 뿐이다.

그러니 처치하거나 놈들의 보물을 챙기는 것도 전혀 가책을 받을 이유도 없었다.

'잘 구경했다.'

가온은 오니와 브렌을 향해 경직 마법을 걸었다.

"흡!"

갑자기 몸이 굳자 오니가 헛바람을 토하며 마기를 운용하려고 했지만, 그때는 이미 가온의 손이 그의 머리에 닿아 있었다. 물론 다른 손은 브렌의 머리통을 움켜쥔 상태였다.

쏴아아아!

머리에 닿은 손바닥을 통해서 엄청난 흡입력이 오니와 브렌의 몸에서 마기와 생명력 그리고 정혈을 송두리째 빨아들이기 시작했다.

스킬이 발동되는 순간 몸은 굳어 버려서 전혀 움직일 수 없었다.

'너희들은 쉽게 죽으면 안 돼!'

이곳 마툰 차원뿐 아니라 수많은 차원이 이들이 발명한 흡발석으로 인해서 마계의 종자들의 손아귀로 들어갔음을 고려하면 편한 죽음은 절대로 어울리지 않는다.

가온은 막 허공으로 흩어지려는 두 다크드워프의 영혼까지 흡수해 버렸다.

그런데 영혼 흡수를 마친 가온의 얼굴이 딱딱하게 굳었다.

'경악스럽군!'

오니와 브렌이라는 다크드워프들에게 흡수한 기억과 지식

은 그야말로 충격이었다. 그리고 자신이 영혼 흡수 스킬을 익힌 것이 얼마나 다행인지 다시 한번 깨달았다.

'영혼 흡수 스킬 덕분에 마계의 차원 침략에 대한 비밀 일부를 알게 된 것이 정말 다행이네.'

그뿐만이 아니다. 차원석에 대한 비밀도 더 많이 알게 되었다.

'차원핵이라는 것이 있었다니.'

오니의 지식에 의하면 차원 혹은 행성이 태어난 후 생명체가 출현한 직후부터 차원 혹은 행성의 에너지가 빠르게 증가하는데, 그 에너지로 인해서 생명체의 진화가 가속된다.

마계 학자들에 따르면 차원과 행성은 같으면서도 다른 의미를 가진다.

예를 들어 한 차원에 생명체가 사는 행성이 하나만 존재하면 동일한 의미지만 한 차원에 그런 행성이 많다면 다른 의미가 된다.

아무튼 오니는 차원과 행성을 같은 의미로 받아들이고 사용하고 있었다.

아무튼 차원 에너지의 증가로 인해 생명체가 급속하게 진화하는 현상은 축하할 일이지만, 잉여 상태의 에너지는 수십억 년 단위의 오랜 시간에 걸쳐서 조건을 충족하는 장소에 모이고 압축이 되어 물질로 변하는데, 그것이 바로 차원핵이다.

또한 마계 학자들의 연구에 따르면 차원핵이 생성되려면 보통 차원이나 행성이 태어난 후 40억 년이 지나야 한다고 한다.

그것도 하나가 아니라 시간이 흐를수록 양이 더욱 많아진다.

그렇게 자연스럽게 생성된 차원핵은 일정한 밀도와 크기가 되는 순간, 다른 차원 혹은 행성의 차원핵과 동조 현상을 통해서 공간 에너지를 흡수하는 방식으로 커지고 한계에 이르면 더 오래된 차원의 일정한 공간을 통째로 끌어오는데, 그것이 바로 던전이라고 마계 학자들은 믿고 있다.

즉 던전의 생성은 어느 정도 나이를 먹은 차원이나 행성의 입장에서는 자연스러운 현상이다.

문제는 태고에 가까운 시기에 가장 먼저 생성되었고 생명체가 탄생한 마계와 천계 혹은 선계와 같은 천상 차원의 경우 필요한 모든 종류의 에너지가 완전 고갈 상태이기 때문에 하위 차원으로의 진출이 필요하다는 점이다.

그래서 오랫동안 이 분야를 연구한 천상 차원에서는 던전을 차원 포탈로 만드는 방법과 몸을 영체로 만들고 영력을 소모해서 직접 차원을 넘어가는 방법 그리고 영혼의 상태로 차원을 이동하는 방법 등을 개발했다.

보통 마계는 첫 번째 방법을 선호했다.

일단 포탈로 연결이 되면 하위 차원은 빠르게 상위 차원에 흡수되어 상위 차원은 더욱 커지는데, 그것이 바로 차원 융합의 마지막 결과였다.

하지만 해당 차원에 강자들이 많아서 던전을 차원 포탈로 만들 수 없을 경우, 마신이나 마왕 등 마계의 지배자들이 분혼의 형태로 차원을 건너가서 한동안 힘을 키운 후 해당 차원을 직접 장악한 후 차원 포탈을 완성하는 방법을 사용했다.

던전을 포탈로 바꾸는 데에는 보통 수년에서 수십 년이 걸리는데, 그 과정에 엄청난 에너지가 필요하다.

그래서 차원을 넘어온 마족들은 영석, 마나석, 마정석, 차원석 등 다양한 에너지 집적물을, 약탈을 통해서 끌어모으는 것이다.

그렇게 포탈이 완성되면 침략자들은 해당 차원의 모든 자원은 깡그리 약탈해서 마계로 보낸다.

심지어 차원 혹은 행성의 차원 에너지까지 모조리 약탈하기 때문에 마족에게 침공당한 곳은 그야말로 아무것도 남지 않는다.

하지만 선계나 천계는 마계와 달리 주로 두 번째 방법을 선호한다.

육신을 영체화시킬 경우 개개인이 영력을 포함한 엄청난 양의 에너지를 축적할 수 있을 뿐 아니라 아공간 아이템을 이용해서 필요한 자원을 거의 무한대로 챙겨서 본계로 보낼 수 있었다.

이건 마계의 지배자들 중 마신들이 선호하는 방식이기도 하다.

자원을 약탈하는 것은 마찬가지지만 그래도 차이는 있었다.

선계와 천계는 물질적인 자원보다 정신적인 자원이 더 필요하기에 자원 약탈은 최소화하며 종교와 같은 방식으로 정신 에너지를 지속적으로 가져간다.

그렇게 다양한 방식의 약탈은 마계를 비롯한 천상 차원의 성장이 한계에 달했을 때부터 이루어졌지만 최근 들어서 마계의 하위 차원 침략 속도가 급속하게 빨라졌다.

이유가 있었다.

'예상한 것처럼 다크드워프족 때문에 차원들이 마계로 변하는 속도가 급속하게 빨라진 거였어!'

정확하게 말하면 다크드워프족이 개발한 콘베로마키나로 인한 에너지 이변 현상이 그렇게 만들었다.

다른 차원들의 사정은 모르겠지만, 이곳 마툰 차원만 해도 에너지 이변으로 인해서 환경이 마계와 비슷해지지 않았다면 지금처럼 마신의 추종자들이 세력을 빠르게 확장할 수 없었을 것이다.

물론 어느 차원에서 유래했는지 모를 고대 유물인 흡발석도 있지만 지금까지 남아 있는 것은 아주 극소수에 불과했다.

하지만 다크드워프족은 다른 차원을 침략하는 마족과 마왕 그리고 마신의 추종자를 통해서 해당 차원의 마도공학적 지식과 기술을 약탈하는 방식으로 단기간에 빠르게 해당 지식과 기술을 습득하고 축적한 결과 재앙과도 같은 콘베로마키나를 만들어 낸 것이다.

그나마 다행한 건 아직 차원석에서 특정한 에너지를 흡수하는 기술이나 아이템이 완벽하게 개발되지 않았다는 건데 다크드워프족은 그것마저도 성공을 눈앞에 두고 있었다.

가온은 던전을 제대로 공략할 수 없게 되더라도 이곳에 있는 다크드워프들은 모조리 죽여야겠다고 굳게 다짐했다.

'이 던전이 마계에 정착한 이래 다크드워프족이 신성시해 온 고대 유적지이자 중요한 연구가 진행되고 있었던 장소여서 다행이네.'

즉 중요한 다크드워프족은 현재 이 던전에 모두 있었다. 이곳에 있는 드워프들이 사라지면 더 이상 콘베로마키나에 대해서 아는 자들은 없는 것이다.

그만큼 오니가 가지고 있는 기억과 지식은 가온에게는 그동안 어떤 방법으로도 알 수 없었던 차원의 비밀 일부를 알 수 있게 해 주었다.

그러니 영혼 흡수 스킬을 구입한 자신의 선택이 기꺼울 수밖에 없었다.

예자풍으로
히든랭커

하지만 가온도 모르는 것이 있었다.

오니가 전혀 반응할 수 없을 정도로 빠르게 제압한 상태에서 영혼 흡수를 했기 때문에 이 정도의 깊은 기억과 지식이 남아 있었던 것이지, 그게 아니었다면 상당한 양의 기억과 지식이 파동 형태로 우주의 파동 에너지로 흡수되었을 거란 점이다.

잠시 후 정신을 차린 가온은 마법진이 만들어 낸 공간에 진열된 다크드워프족의 보물들을 대충 훑어봤다.

'탄 차원의 제국 비고에 있는 것들과 비교해도 현격하게 뛰어난 보물들이군. 앞으로 이 보물들을 이용해서 너희들 때문에 마족의 손아귀에 넘어가기 직전이었던 마툰 차원을 구하도록 하지.'

다행한 것은 흡발석과 같은 역할을 하는 콘베로마키나의 제조 기술을 자신이 영혼까지 흡수해 버린 두 다크드워프에 더해서 세 명만이 더 알고 있다는 점이다.

또한 콘베로마키나도 이 마툰 차원에서 처음 사용했다.

'그 셋만 처리하면 더 이상 콘베로마키나로 인해서 에너지 이변이 발생하는 차원은 없을 거야.'

세 다크드워프의 정보와 소재는 영혼 흡수를 통해서 이미 알고 있으니 나가는 대로 최우선으로 처리할 예정이다. 행여 도망이라도 치면 그 후환이 얼마나 클지 알 수 없었다.

그렇게 세 타이탄을 포함해서 보호막 안에 진열된 진귀한 무기와 아이템을 모두 챙긴 가온은 오니가 차고 있던 팔찌를 들어 올렸다.

'조작하는 건 어렵지 않군.'

비록 주인 인식이 되어 있었지만 해제하고 다시 각인시키는 건 어렵지 않았다.

흡수한 오니의 지식 중에 그 부분에 대한 내용이 있었다.

그렇게 팔찌의 새로운 주인이 된 가온은 보호막을 유유히 빠져나갔다. 그리고 그의 발길이 멈춘 곳은 바로 종 형태의 거대한 보호막 앞이었다.

가온은 특이한 에너지 파장으로 이루어진 막을 대상으로 다양한 실험을 해 봤다.

'희한하군.'

마법진의 코어들은 알 수 없는 종류의 에너지 스톤이었는데 보호막은 오러 블레이드로도 뚫거나 벨 수 없을 정도로 질기고 견고했지만, 뜻밖에도 영력을 흡수하고 있었다.

'7년이 더 지나야 마법진을 이루는 코어들에 충분한 영력이 쌓인다고 했지.'

영석은 아니지만 서브코어에 충분한 영력이 쌓이면 마법진은 하루 정도 해제가 되어 출입이 가능해진다.

그 시기가 되면 다크드워프족은 일족을 위해서 가장 큰 공을 세웠거나 일족을 이끌기로 내정된 이를 안으로 들여보내 보물 한 점을 가지고 나갈 수 있는 권리를 주었다.

대신 100년 동안 일족이 만들어 낸 물건 중에서 가장 뛰어난 것을 대신 집어넣었다.

'그건 다크드워프족이 정한 법이고.'

마음만 먹으면 안에 있는 모든 보물을 다 챙길 수 있었다.

가온은 마법진에 손을 대고 영력을 방출하기 시작했다. 7년 치에 해당하는 영력을 자신이 직접 공급해 보기로 한 것이다.

츠즈즈즈.

방대한 영력이 주입되자 마법진이 마치 살아 있는 것처럼 탐욕스럽게 영력을 빨아들였고 메인코어와 수천 개에 달하는 서브코어로 전했다.

'이런! 부족해!'

보유한 영력을 거의 모두 방출했지만 원하는 변화를 일으키기에는 아직 부족했다. 마법진을 구성하는 코어의 색이 희미하게 변하는 것이 고작이었다.

그러고 보니 이곳은 영력이 충만했다. 그러니 이 거대한 마법진이 무려 7년 동안 흡수하는 영력의 양도 엄청날 것이다.

'좋아! 끝까지 가 보자!'

오기가 생겼다. 자신이 보유한 에너지는 초월적인 수준이다.

가온은 자신감을 가지고 에너지 변환 스킬을 사용해서 마

력부터 시작해서 음양기, 마기에 이어 신성력까지 영력으로
전환시켜서 방출했다.

하지만 코어들은 물론이고 마법진도 유의미한 변화가 없
었다.

'후우! 아직도 부족한가?'

가온은 바닥을 드러내기 시작한 신성력을 인지하고 허탈
감을 감추지 못했다.

그동안 에너지 변환 스킬을 사용할 일이 거의 없어서 아직
1레벨인 것이 너무 아쉬웠다. 현재 에너지 변환 비율은 50%
밖에 되지 않았기 때문이다.

가온은 한계를 느끼며 영력 방출을 멈추려고 하다가 문득
방금 전 창고 안에서 얻은 아이템 중 꽤 많았던 영석과 마나
석 그리고 마정석을 떠올리고 황급히 그것들을 꺼냈다.

이미 손에 끼고 있는 흡정 장갑이 있지만, 가온은 거기에
더해서 마나 탐식 스킬까지 발동해서 영석과 마나석 그리고
마정석에서 영력과 마나를 흡수한 후 바로 마법진에 대고 있
는 손바닥을 통해 방출했다.

영석과 마나석 그리고 마정석이 빠르게 가루가 되어 사라
지고 있었지만 마법진과 코어는 여전히 변화가 없어 가온의
사기를 꺾었다.

'그만할까?'

그 생각이 들었지만 이미 체내에 쌓아 두었던 에너지를 대

부분 잡아먹은 마법진의 존재에 대한 화가 났다.

'어디 끝까지 해 보자!'

가온은 그동안 아공간에 보관하고 있었던 마나석과 마정석까지 모조리 꺼낸 후 영력으로 변환시켜서 마법진에 주입했다.

그럼에도 불구하고 마법진은 꿈쩍도 하지 않았다.

'만용을 부렸군.'

그동안 다양한 루트를 통해서 얻었던 마나석과 마정석이 바닥을 드러내자 그런 후회가 들었지만 이젠 어쩔 수 없었다.

그런데 막 포기하려는 순간 기적이 일어났다.

화아악!

갑자기 마법진이 눈이 멀 것 같은 백광을 방출하더니 천천히 사라지기 시작했다.

"설마 된 건가?"

포기하는 순간에 일어난 변화로 인해서 약간은 멍한 얼굴로 혼잣말을 하던 가온이 막이 있었던 공간 안으로 들어갔다.

'정말 보호막이 사라졌어!'

가온은 바로 들어가는 대신 마법진과 코어를 유심히 살펴보았다.

'코어가 아주 특별하네.'

코어 위치에 박힌 정체불명의 스톤들은 고양이 눈알 크기로 희한하게 마기와 영력이 절반씩 함유하고 있었다.

'그런데 마기는 그대로인데 영력은 미세하지만 방출되고 있어!'

거기까지 파악한 가온은 여전히 눈높이에 떠 있는 다양한 아이템들에 작용하는 힘이 바로 영력임을 알 수 있었다.

'마법진 자체가 해제된 것이 아니라 여전히 발동은 하고 있지만 보호막만 일시적으로 사라진 거야!'

그렇다면 이 안에서 머무를 수 있는 시간에 제한이 있다는 뜻이 된다. 즉 일정 시간이 지나면 보호막은 다시 생성되어 자칫하면 이 안에 갇힐 수도 있었다.

'서둘러야겠네.'

마음은 조급했지만 아이템에 손을 뻗는 가온의 손길은 아주 느렸다. 분명히 오니는 이곳에 있는 아이템들이 에고를 가지고 있다고 했기 때문이다.

가온은 생각할 수 있는 모든 경우의 수를 생각하면서 즉각 대처할 준비를 했다.

가온의 손이 허공에 떠 있는 아이템에 닿았지만 우려했던 일은 일어나지 않았다. 쉽게 취할 수 있었다.

그때부터 가온의 손이 바쁘게 움직였다. 족히 100점이 넘는 아이템들이 그의 손에 의해서 아공간으로 들어갔다.

그렇게 아이템을 모두 챙긴 가온은 마법진의 메인코어를 살펴보다가 조심스럽게 손을 뻗었다.

츠츠스스.

미약한 백광과 함께 짜릿한 전기가 느껴졌지만 그 이상의 반응은 없었다.

그에 안심한 가온은 염력으로 손바닥 크기의 메인코어를 통째로 뽑아서 아공간에 집어넣었다.

'이런 특별한 스톤을 이대로 두고 갈 수는 없지.'

가온은 나머지 서브코어에 있는 스톤들까지 염력으로 모두 뽑아내 챙긴 후 원뿔 모양의 건물을 빠져나왔다.

들어갔을 때와 역순으로 지하 공간과 통로를 빠져나오는 가온의 얼굴에는 짙은 미소가 떠올라 있었다.

'내게는 다크드워프가 보물 고블린이네.'

아이템을 챙길 때 순간적으로 확인했는데 신화 등급은 없었지만 전설 등급이 네 개, 서사 등급이 열 개나 되었다.

물론 자신에게 필요해야 가치가 더 높겠지만 그렇지 않다고 해서 가치가 낮은 건 아니다. 다른 이들이 쓰면 되니 말이다.

데미갓 칭호를 획득하면서 얻은 부가적인 능력을 생각한 가온이 빙긋 웃었다.

'마치 신처럼 은총을 내리면 되겠어!'

공을 세운 단원들이나 노력은 하는데 성과가 나오지 않아 사기가 저하된 단원들을 대상으로 은총을 베풀면 사기가 크게 높아질 것이다.

자신에게 필요하지 않은 아이템은 그런 식으로 처리해서 아니테라 전단원들의 사기와 전력을 동시에 끌어올릴 수 있겠다는 생각이 들었다.

다크드워프족의 고대 유적지를 빠져나온 가온은 잠시 고민을 하다가 던전 밖이 아니라 오니의 집무실로 향했다.

그리고 그곳에 도착해서는 묘한 미소를 지으면서 자신의 외모를 바꾸기 시작했다.

'영혼 흡수 스킬을 구입하길 잘했네.'

영혼 흡수 스킬은 영혼을 흡수해서 기억과 지식을 취사선택해서 획득하지만 다른 부가적인 스킬이 더 있었다.

그건 바로 흡수한 영혼의 생전 모습으로 외모를 바꿀 수 있다는 것이다.

'언어 능력은 물론이고 목소리나 사소한 습관까지 구현할 수 있지.'

게다가 별다른 과정을 거치지 않고도 순식간에 외모를 바꿀 수 있었다.

그렇게 오니의 모습으로 앉아서 기다리던 가온은 미세한 영력의 유동에 눈매를 좁혔다.

"왔군."

어느새 호렌이 자신의 앞에 나타났다.

"네. 다행히 오니께서 원하는 결과를 얻었어요."

"기가스 슈트 한 벌당 몇 개요?"

굳이 오래 말을 섞을 필요가 없어 바로 용건을 꺼냈다.

"기가스를 운용해 보더니 감탄을 하더라고요. 덕분에 35개까지 협상을 했어요. 오니께서 받아들이면 바로 거래가 이루어질 거예요."

"흐음. 마음에 차는 건 아니지만 우리 사정도 급하니 어쩔 수 없구려."

오니는 50개를 말했고 더 이상 협상은 없다고 했지만 가온은 받아들이기로 했다.

"잘 결정하셨어요. 그들도 그 이상은 지불할 의사가 없었거든요."

"그럼 물건은?"

"물건을 받는 즉시 지급하겠다고 했어요."

가온은 과정이 하나 더 남았다는 사실에 잠깐 짜증이 났지만 꾹 참고 다크드워프의 창고에서 가지고 나온 아공간 카드 중 1천 개를 꺼내 호렌에게 주었다.

"제, 제가 거래를 직접 하라고요?"

"호렌이 딱 부러지게 일을 하니 굳이 우리 일족까지 갈 필요는 없을 것 같소."

"믿어 주셔서 감사해요. 상단의 이름을 걸고 반드시 거래를 성공시킬게요. 그런데 거래가 성공적으로 마무리되면 부탁 하나만 드릴게요."

"무슨 부탁이오?"

"오니께서 중개 수수료로 약속하신 상급 영석이 아니라 다크드워프족의 비고를 구경해 볼 수 있을까요? 그냥 순수한 호기심이에요. 구경만으로 충분해요."

'신마신 상단의 명령이겠지?'

상인이 굳이 다크드워프족의 비고를 구경하겠다는 것은 무척 부자연스러운 반응이다.

"좋소."

자신이야 오니도 아니고 어차피 지키지 않을 생각이니 흔쾌하게 대답했다.

"……감사해요!"

"1시간 후에 이 건물 후면에 있는 선룸으로 오시오."

선룸을 언급한 순간 호렌의 눈빛이 순간 강해지는 것을 보니 그곳에 지하 유적으로 향하는 비밀 통로의 입구가 있다는 사실은 이미 알고 있는 모양이다.

"그럼 다녀올게요."

그렇게 대답한 호렌이 나타날 때처럼 홀연히 사라졌다.

혼자 남은 가온은 다시 한번 다크드워프족을 떠올리며 고심에 빠졌다.

살심을 굳히긴 했지만 이곳에 있는 다크드워프족의 숫자가 수천에 달해 다시 한번 생각해 보려는 것이다.

아득한 고대에 한 행성 혹은 차원을 한 방에 산산조각 낼수 있는 위험한 대량 살상 무기와 장치를 만들었을 뿐 아니라 다양한 아인종을 대상으로 실험까지 한 죄목으로 동족에게 추방을 당한 한 무리의 드워프가 천신만고 끝에 마계에 도착해서 자리를 잡았다.

이미 천계 전사들의 추적을 받는 상황이라 그들이 갈 곳은 마계를 제외하곤 없었다.

마계는 그들이 살아왔던 곳과는 대기 조성은 물론 에너지의 종류까지 달라서 한동안은 생존을 위해 필사적으로 노력해야만 했다.

무엇보다 마기 중독은 무서웠다.

마계에 정착했던 드워프족 절반이 마화되어 광인이 되어 날뛰다가 동족의 손에 죽거나 기괴한 몰골로 앓다가 죽어 갔다.

만약 일족 중 한 명이 마기를 익숙한 마나로 바꾸는 장치를 개발하지 않았다면 몰살했을 것이다.

시간이 약이었다.

오랜 시간이 흐르고 나서야 겨우 마기에 적응한 그들은 무기와 아이템 제작 기술을 바탕으로 마계의 강자들에게 빌붙는 방식으로 마계의 일원이 되었고 대를 이어 왔지만 이상하게 인구가 늘어나지 않았다.

마계는 강자존(强者存)의 원칙이 강하게 적용되는 곳이었기에 숫자가 적은 드워프족은 항상 강자의 편에 서서 무기와 아이템을 만들며 목숨을 부지해 왔다.

그런 시간이 수없이 흘러가면서 드워프족은 조금씩 힘을 축적했다.

기술을 발전시키고 신체 능력을 올렸으며 새로운 무기를 개발했다.

그러면서도 당대에 제작한 가장 뛰어난 무기와 아이템은 강자에게 빼앗기지 않고 대를 이어 숨겨 두었다.

그러다가 오니의 대에서 다크드워프 일족은 획기적인 발전을 이루었다.

이른바 마신의 차원 진출에 편승해서 다양한 차원의 공학 지식과 기술을 손에 넣었고 그것들을 기반으로 마계의 강자들이 원하는 무기와 아이템을 만들 수 있게 된 것이다.

품질이 뛰어난 무기와 아이템 제작에 필요하다는 이유로 아인종 노예들을 공급받기 시작하면서 대량생산의 길까지 열려서 다크드워프 일족은 드디어 마계의 일원으로 당당하게 인정을 받게 된 것이다.

그리고 얼마 후 차원석이나 영맥 등 고밀도의 에너지원에서 원하는 종류의 에너지를 뽑아낼 수 있는 콘베로마키나라고 하는 아이템을 발명해서 마계의 지배자들에게 바쳤다.

사실 콘베로마키나는 마계에 정착한 초고대에 생존을 위해서 발명된 장치를 참고해서 만든 물건이지만, 마계의 차원 진출에 엄청난 역할을 하면서 다크드워프족은 이제 마왕들은 물론이고 마신 세력들과도 대등한 거래를 할 수 있게 되었다.

오니를 포함한 1계급의 드워프들이 선조들과 달리 정치적인 역량을 가지고 있어서 가능한 일이기도 했지만, 그만큼 콘베로마키나는 대단한 발명품이었고 다크드워프족은 결국 마신들로부터 공을 인정받아서 부속 차원 중 수많은 광물 자원이 풍부한 차원의 주인이 될 수 있었다.

자신들만의 차원이 생긴 것은 광란의 축제를 벌일 좋은 일이었지만, 문제가 있었다.

아무리 다양하고 많은 광물이 매장된 곳이라고 해도 생물이 살지 않는 곳이어서 막대한 개발 자금이 필요했다.

하지만 선조들이 대를 이어 모아 왔던 자금은 이미 콘베로마키나와 타이탄 개발과 기계 인간 등 연구에 모두 투입한 상태였다.

그래서 오니는 단기간에 최대한 많은 자금을 마련하기 위해서 마신 크렛 측과 거래를 한 것이다.

최고의 선물용으로 쓸 수 있는 것은 물론 어느 차원에서든 높은 가격을 받을 수 있는 회춘의 묘약을 대금으로 받기 위해서 말이다.

오니의 기억을 통해서 이런 사정을 전부 파악한 가온은 다크드워프족의 처리에 대해 잠시 고심을 했지만 결정을 내렸다.

　'새로운 지식과 기술을 얻기 위해서 수없이 많은 과학자와 기술자를 납치하거나 조달받아서 고문을 하고 죽였으며 수없이 많은 아인종을 노예로 부리다가 죽이는 등 다른 마계의 마족들과 동일한 길을 걸어왔다. 습성이나 가치관 모두 마족의 그것이니 나 또한 동정심 따위는 가지지 않겠다.'

처단

마음의 결정을 내린 가온은 일족의 수장으로서의 권한을 사용해서 수뇌 회의를 소집했다. 그리고 그 자리에서 일족 모두를 지하의 고대 유적으로 집결시키라는 명령을 내렸다.

병자나 죄수 등 단 한 명의 열외도 인정하지 않겠다는 말과 함께 말이다.

"설마 그곳에서 바로 차원 이동을 하려는 겁니까? 아직 완성되지 않았다고 하지 않았습니까?"

브렌만큼 신뢰하는 자는 아니지만 오니가 꽤 인정하는 미레로라는 드워프가 물었다.

"영인 중 일부의 눈치가 이상해. 그래서 안전을 위해서 아예 이곳에서 대기하도록 하려고."

오니의 기억에 따르면 영인들은 대부분 마툰 차원에 진출한 마신전 소속으로 본래 마신 측과의 원활한 이동을 위해 설치한 텔레포트 마법진을 관리하는 동시에, 거래에 도움을 주기 위해서 파견이 되었는데, 그는 영인들을 껄끄럽게 여겼다.

물론 신마신 상단 소속의 호렌은 달랐다.

그녀는 본래 마계 출신이 아니었고 마신전과도 관계가 전혀 없어서 몇 번 거래를 한 후로는 신뢰하게 된 것이다.

"아! 우리의 이주를 반대한 마신 측에서 손을 쓸지도 모르겠군요."

"설마 우리 일족 중 중요 인사를 납치하거나 억류해서 콘베로마키나와 같은 우리의 기밀 사항을 알려고 할지 모르겠군요."

"맞습니다. 그러고도 남을 작자들입니다. 불과 몇십 년 전까지만 해도 우리 일족을 노예처럼 함부로 대했으니 말입니다."

수뇌들은 가온의 말이 불씨를 붙인 것처럼 흥분해서 떠들기 시작했는데, 마계의 다른 존재들에게 강한 적대감을 표출했다.

"우리의 차원 이주에 불안해할 작자들이 꽤 있긴 하지요. 막말로 가까이 있으면 그 전처럼 협박에 폭력을 휘둘러 우리를 부려 먹을 수 있을 거라 생각하고 있을 테니 말입니다. 물론 지금은 콘베로마키나 때문에 감히 그러지 못하지만 오랫동안 우리를 노예처럼 부리던 놈들의 사고방식이 쉽게 바뀔 리가 없지요."

길게 말한 다크드워프는 공학연구소의 소장인 피카라는 자였다.

죽은 오니와 브렌을 제외하고 콘베로마키나의 제조 비밀을 아는 세 명 중 한 명이었다.

"그런데 연구소나 공방에 있는 물건들은 이대로 두고 가실 생각입니까?"

또 다른 드워프가 물었다.

"당연히 최대한 챙겨야지. 하지만 지켜보는 눈을 생각해서 중요하지 않은 것들은 놔두자고. 일단 영인들에게는 일족 모두를 소집해서 차원 이동에 관련된 내용을 상세하게 전할 예정이라고 할 테니까."

"굳이 알릴 필요는 없지만 그러는 편이 귀찮은 일을 덜 겁니다."

아무튼 더 이상 반론이 나오지 않자 가온은 회의를 종료했다.

"자, 서두르자고."

"아! 그럼 광산 노예들도 그대로 놔둘까요?"

아직 자리에서 일어나지 않은 한 드워프가 물었다.

"굳이 문제를 일으킬 필요가 없으니까 그대로 놔둬. 굳이 감시하지 않아도 도망칠 엄두도 내지 못할 정도로 육신이 약해지고 정신이 파괴된 상태일 테니까."

가온의 말에 질문한 드워프는 물론이고 다른 드워프들도 당연하다는 듯 받아들였다.

"오니, 혹시 브렌을 못 보셨습니까?"

미레로라는 드워프가 물었다.

"그곳에 먼저 보냈어. 왜?"

"이런 일은 보통 브렌이 주재하는 것이 관례라서 안 보이니 좀 이상했습니다."

"그럼 미레로 자네가 이번에는 한번 주재해 봐. 얼마나 빨리 일족 모두를 지하 유적지에 집결시키는지 한번 보고 싶군."

"믿고 맡겨 주십시오!"

그러고 보니 오니의 기억에 브렌과 미레로가 나이도 비슷하고 같은 계급이라 경쟁을 하고 있었다는 내용이 떠올랐다.

미레로가 가온의 신임을 받은 것이 기쁜지 상기된 얼굴로 회의장을 빠져나가자 다른 수뇌들도 빠르게 움직였다.

얼마 후 5천에 달하는 다크드워프들이 고대 유적지의 중앙 광장에 집결했는데, 다들 영문을 몰라서 웅성거리고 있었다.

"무슨 일로 여기에 모이라고 하신 거지?"

"뭔가 중요한 내용을 공지하려는 거 아니야?"

"그런 게 아니라면 이 신성한 장소에 모이라고 하지 않았 겠지?"

"설마 기가스 슈트의 개량이 벌써 이루어진 건가?"

"그건 아니야. 그건 재료 수급 문제로 중지된 상태라고. 내 생각에는 우리 일족이 이주할 하위 차원에 대한 내용일 것 같아."

"그럴 수도 있겠다. 그런데 그 차원은 생물체가 없다고 들 었는데."

그렇게 신분 고하에 상관없이 궁금해하고 있을 때 미레로 를 비롯한 다크드워프들이 동분서주하며 인원 체크를 마치 고 광장 밖의 한 건물에 머무르고 있는 가온에게 달려왔다.

"모두 집결했습니다."

"빠진 사람은 없지?"

"네, 오니. 환자들까지 모두 모였습니다."

"좋아. 빠릿빠릿한 것이 아주 마음에 드네. 자네들도 이젠 광장으로 가게."

"제가 모시겠습니다!"

브렌과 충성 경쟁을 하고 있었던 미레로가 입안의 혀처럼 굴었다.

가온은 미레로의 안내를 받아서 광장으로 향했고 한쪽에 있는 단상으로 올라갔다.

그 모습을 지켜보던 다크드워프들은 입을 닫고 단상으로 올라가는 가온에게 집중했다.

다들 향후 일족에게 아주 중요한 내용이 오니의 입에서 나올 거라고 예상했던 것이다.

가온은 단상에 올라섰지만 딱히 연설이나 공지할 생각은 없었다.

그럼에도 불구하고 단상으로 올라간 이유는 다크드워프의 주의가 바닥으로 향하게 않도록 하기 위해서였다.

지하 도시의 광장 바닥에는 빗물이 빠져나가는 용도로 보이는 작은 구멍들이 뚫려 있었는데 사실 그 구멍 안에는 독분을 발사하는 단순한 장치가 들어 있었다.

본래 다크드워프족을 공격하는 적에게 사용하기 위한 장치였는데, 오니가 일족의 수장이 되며 알게 된 비밀이었다.

미리 녹스에게 확인해 보라고 했더니 놀랍게도 거의 대부분 사용할 수 있는 상태이며 심지어 독분도 전혀 상하지 않았다고 했다.

'너희 다크드워프족이 만든 물건 때문에 수없이 많은 생명이 죽어 갔어! 이제 그 대가를 치를 차례야!'

마음 같아서는 고이 죽이지 않고 자신들이 얼마나 참혹한 짓을 저지른 것인지 깨닫고 참회하도록 하고 싶었지만, 후환이 될 것 같아서 그렇게 할 수는 없었다.

가온이 막 카오스에게 광장의 바닥에 내장된 기관 발동을 지시하려는 순간 한쪽이 잠시 웅성거리는가 싶더니 갈라지긴 했지만 큰 음성이 들렸다.

"오니, 우리 드워프족은 이제라도 마계를 위해서 수없이 많은 생명체에게 고통을 주고 죽음에 이르게 한 죄를 깨닫고 반성해야 하오! 우리는 아무리 노력해도 인정받는 마족이 될 수 없소. 이제까지 그래 왔던 것처럼 이용만 당할 뿐이오. 그러니 콘베로마키나 제조 기술을 폐기하고 당장 마계에서 벗어나야만 하오!"

"실험체가 되지 않은 것을 고마워해야 할 죄인이 감히 오니께 이 무슨 망발이냐!"

"사상이 불순한 바루스드워프는 확인하는 즉시 때려죽였어야 하는 거 아닙니까!"

"말이 나온 김에 우리 일족의 발길을 막는 바루스들을 이 자리에서 공개적으로 때려죽입시다!"

"옳소! 죽여라!"

"죽여라! 죽여라!"

한 다크드워프가 격정적으로 외치기 시작하자 그에 동조한 다른 드워프들이 함께 고함을 질렀다.

결국 오니인 가온이 따로 명령하지도 않았는데 오래 수감되었는지 해지고 작은 천으로 음부만 겨우 가린 몰골을 한 드워프 100여 명이 앞으로 끌려 나왔다.

얼마나 오래 수감되어 있었는지 얼굴에는 땟국물이 줄줄

흘렸고 몸은 대꼬챙이처럼 말라 있는 드워프들이었지만, 눈만큼은 다른 대부분의 다크드워프와 달리 맑고 형형하게 빛나고 있었다.

'호오! 같은 다크드워프 일족이 아니야.'

오랫동안 씻지 않아서 피부가 검게 보였지만 100여 명 모두 피부가 암갈색은 분명 아니었다.

무엇보다 이들이 다크드워프들과 가장 차이가 나는 점은 뿔이 없다는 것이다. 당연히 심장에 마정석도 없었다.

대신 마나오션에는 순수한 마기가 쌓여 있었다.

'바루스드워프라……'

가온은 오니의 기억을 뒤졌다. 그리고 마침내 이들의 정체를 알 수 있었다.

'인명을 중요시하고 마계를 배척하는 사상을 가진 전사와 장인이라.'

전사보다는 장인이 훨씬 더 많았고 학자와 기술자까지 포함되어 있었는데 이들의 공통점은 다크 일족이 아니라는 점, 순수한 마기를 보유했다는 점 그리고 마계의 확장이나 마족을 위해 일족의 능력을 쓰면 안 된다고 생각한다는 점이었다.

바루스드워프는 마계에서 드워프족의 입지를 위해서 마신이나 마왕이 원하는 건 뭐든 만들어 줘야 한다는 오니와 대부분의 다크드워프들과 생각 자체가 달랐다.

단상 앞으로 끌려 나온 이른바 바루스드워프들은 무릎을 꿇고 앉았는데 구멍이 뚫린 발목뼈 사이를 이은 쇠사슬이 눈에 띄었다.

그런 몰골임에도 불구하고 바루스드워프들은 남녀를 불문하고 활활 불타는 것 같은 강렬한 안광을 뿜어냈으며 당당한 태도를 취하고 있었다.

"여러분, 이성을 찾아야 합니다! 혼탁한 마기 때문에 그러기 힘들다는 것은 알겠지만 정신을 차려야 합니다! 모든 차원에서 기술 문명을 대표하는 우리 드워프족의 긍지를 생각하십시오! 마족은 우리를 쉽게 부릴 수 있는 하수인이나 노예로 여깁니다! 지금이야 나도 개발하는 데 일조한 콘베로마키나 덕분에 어느 정도 대우를 받은 것 같지만 마족은 뿌리 깊은 차별 의식을 가지고 있습니다! 우리의 효용성이 낮아지면 언제든 다시 선조들처럼 노예로 부릴 겁니다!"

"닥쳐라! 비록 우리 다크드워프족이 이제 겨우 마족의 일원으로 인정을 받긴 했지만, 우리 일족의 잠재력을 모두 발휘하면 마계에서도 손꼽히는 종족으로 인정받을 수 있어! 너희들과 같은 반골 때문에 우리 일족에 대한 이미지가 나빠지면 그럴 가능성이 확 줄어든다고!"

"마케라, 이놈! 주위 일족을 선동해서 말도 안 되는 사상을 퍼트리는 죽을죄를 저질렀지만 창의력과 기술이 아까워서 죽이지 않고 가둬만 두었더니 간이 배 밖으로 나왔구나! 저놈들 때문에 우리 일족이 마계에서 배척을 받을 수도 있으니 당장 때려죽입시다!"

"죽이자!"

"죽여라!"

광장은 순식간에 살의와 악의로 가득 찼다. 그만큼 대다수의 다크드워프들이 무릎을 꿇고 앉아 있는 이른바 바루스드워프들에 대한 적개심이 강했다.

'녹스, 저들을 보호해 줘.'

─알겠어.

숫자가 너무 많은 관계로 고대 유적지의 기관 장치로 다크드워프족을 독살하기로 결정한 순간부터 녹스는 가온의 어깨 위에 앉아 있었다.

'카오스, 부탁해!'

─맡겨 주라고!

우우우우웅!

광장의 가장자리가 갑자기 빛나기 시작하더니 순식간에 바루스드워프들을 감싸는 거대한 보호막이 생성되었다.

"뭐, 뭐야?"

"마법진이 발동한 것 같은데."

다크드워프들은 놀라고 당황하긴 했지만 두려워하지는 않았다. 광장 전체를 둘러싼 보호막이 있었기 때문이다.

그때 광장 바닥에서 연푸른 연기가 피어오르기 시작했다.

처음에는 발목을 감싸는 정도였지만 갑자기 소용돌이치듯 거센 바람이 불면서 연기가 보호막 안을 가득 채워 버렸다.

"이, 이게, 큭!"

"커헉! 킥!"

"도, 독이다!"

다크드워프들은 구역질이 나는지 구토를 하다가 바닥에 쓰러지기 시작했는데, 신경계가 작동하지 않아서 결국 호흡 곤란으로 죽기 시작했다.

하지만 실력이 뛰어난 전사들은 중독 사실을 인지한 순간 보호막을 향해 달려갔다.

하지만 보호막은 그들이 밖으로 빠져나가는 것을 허락하지 않았다. 오러 블레이드를 구사해야만 아주 잠시 베어 낼 수 있을 정도로 견고했기 때문이다.

그럼에도 불구하고 네 다크드워프는 보호막을 빠져나갔다. 소드마스터 중급 실력자 둘과 그 짧은 사이에 기가스 슈트를 착용해서 오러 블레이드를 구현한 익스퍼트 최상급 실력자들이었다.

"오니!"

보호막 밖은 들어오기 전과 마찬가지였지만 한 가지만 달랐다.

담담한 얼굴로 보호막을 부수거나 베려고 안간힘을 쓰다가 쓰러지는 동족들의 모습을 냉막한 얼굴로 바라보고 있는 오니가 보였다.

"오니, 이게 대체 무슨 일입니까?"

"독을 사용했다."

어떤 스킬을 사용했는지 순식간에 그들 앞에 나타난 오니가 그렇게 말했다.

"무슨 말씀을 하시는 겁니까?"

네 전사는 오니의 말이나 태도를 이해할 수 없었지만 곧바로 오러 블레이드를 생성했다.

지금 눈앞에 있는 오니가 그들이 알고 있던 오니와 다르다는 사실을 이제야 알아챈 것이다.

네 전사는 가온의 말에 황당한 얼굴이 되었지만 그들의 의문을 풀 수는 없었다.

삭! 삭! 삭! 삭!

툭! 툭! 툭! 툭!

소리 없이 날아간 무형인들이 그들의 목을 베어 버렸기 때문이다.

가온에게 집중하던 상황에서 뒤쪽에서 홀연히 날아온 무형인을 감지했을 때는 이미 늦었다.

가온은 피가 흐르는 머리통 4개를 염력으로 끌어당긴 후 아직 눈알이 움직이는 머리통에 손바닥을 대고 영혼 흡수 스킬을 펼쳤다.

'별건 없군.'

소드마스터 중급 실력자들도 오니가 모르는 건 알지 못했다.

그렇게 탈출한 네 명을 가볍게 처리한 가온은 녹스로 하여금 독을 모두 흡수하도록 하는 동시에 카오스에게 부탁해서 마법진을 해제했다.

광장 바닥에는 신경독에 중독되어 호흡 곤란으로 쓰러져 죽은 다크드워프의 사체로 가득했다.

'파워 드레인!'

이제 막 시체에서 빠져나오던 죽음의 기운과 마기가 소용돌이치듯 가온을 향해 빨려 들어왔다. 물론 독은 녹스가 모조리 흡수해 버린 상태였다.

-전리품은 내가 사체와 함께 챙길게.

가온은 카오스가 자신의 아공간에 사체들을 집어넣는 동안 녹색의 막 안에서 휘둥그레진 눈으로 광장을 홀린 듯 쳐다보는 바루스드워프들에게 향했다.

"이, 이게 대체 무슨 일이오, 오니?"

가장 먼저 정신을 차린 마케라라는 이름의 드워프가 그렇게 말하자 가온은 쓴웃음을 지으며 변신을 풀었다.

"헙!"

오니였던 인물의 얼굴과 몸이 흐릿해지는가 싶더니 이내 젊은 가온의 모습으로 변하자 100여 명의 드워프가 헛바람을 토했다.

"나는 이 던전을 공략하기 위해 들어온 아니테라 용병단의 단장 온 훈이오."

"……설마 마툰 차원의 인물이오?"

마케라가 믿을 수 없다는 얼굴로 물었다.

"맞소."

담담한 가온의 대답에 마케라는 갈라진 입술을 몇 번 열었다가 닫더니 결국 다시 입을 열었다.

"우리를 어떻게 할 생각이오?"

묻고 싶은 것이 많은 얼굴이었지만 지금은 그것이 가장 궁금했다.

"여러분이 택할 수 있는 길은 하나밖에 없소. 내 노예가 되는 것이오. 그게 싫다면 수많은 차원에 해악을 끼친 다크 드워프족처럼 죽여 드리겠소."

"하아! 간신히 마족들의 노예 신세에서 벗어났건만…… 우리는 결국 남의 노예로 생존할 수밖에 없는 신세였군."

마테라는 자조 섞인 한탄을 했지만 삶을 포기한 목소리는 아니었다.

"마테라 스노라고 합니다. 다크드워프족은 아니지만 오랫동안 마계에서 살아남은 고 드워프의 후인이지요. 주인님을 뵙습니다."

가온은 마테라와 약식으로 종속 계약을 맺는 것으로 그를 권속으로 받아들였다.

그러자 물꼬가 트인 것처럼 나머지 드워프들, 즉 바루스드 워프라고 불린 이들이 참담한 얼굴로 가온에게 노예가 되기를 청했고 그의 권속이 되었다.

"앞으로 날 주인 대신 마스터로 부르면 된다. 너희들 중 전사는 손을 들어 보라."

그렇게 확인하니 전사가 41명, 공학자가 16명, 공학기술자와 장인이 각각 17명씩이었다.

"던전의 차원석이 있는 위치를 알고 있는 사람이 있나?"

"제가 압니다."

대답한 드워프는 마테라를 포함해서 12명이었다. 그만큼 이 던전에 대해서 잘 알고 있는 것으로 봐서 중요한 직책을 맡고 있었던 것 같았다.

"피라미드 형태의 건물의 지하에 차원석이 있습니다. 오니가 말하는 것을 분명히 들었습니다."

"원래 그 건물은 영석 광맥과 콘베로시오 스톤 광맥의 에너지를 마기로 변환해서 방출하는 초대형 콘베로마키나와 마법진을 숨기기 위해서 지었습니다."

영석 광맥이 있는 곳이니 차원석이 자리를 잡은 것이리라.

"그랬군. 음. 영인들이 좀 골치네."

"마스터, 저 안에 있는 영인들은 진짜가 아니라 마신전에서 영마기를 사용해서 강제로 만든 존재들입니다."

놀랍게도 마테라는 오니가 모르는 사실을 알고 있었다.

"영마기가 뭐지?"

"마신전들과 마계에서 손꼽히는 세력을 가진 일부 상단은 영력과 마기가 절묘한 균형을 이룬 특별한 에너지를 다룰 수 있습니다. 그게 바로 영마기입니다."

"그런 특별한 에너지를 마신이나 마왕이 아니라 익히지 않았다고?"

욕심이 많은 마신이나 마왕이라면 당연히 욕심을 냈을 것 같아서 묻는 것이다.

"영마기를 익히면 육체를 포기해야 한다고 들었습니다. 육체로 하는 행위 자체가 불가능하지요."

그런 페널티가 있다면 확실히 욕심을 내지 않기는 할 것이다. 욕망을 채운다는 것은 생물체의 삶에서 가장 중요하다고 볼 수 있는 행위이니 말이다.

"본래 영인은 순수한 영력만 가지기 때문에 물리적인 신체를 가진 우리 같은 존재와는 차원이 다른 놀라운 능력을 가지고 있지만, 영마기로 만든 영인들은 다릅니다."

"어떻게 다르지?"

"물리적인 공격을 무시할 수 있으며 공간 이동 능력이 있어서 주로 간첩이나 도적 그리고 상인으로 활동합니다. 고위급의 경우 영마기를 이용해서 차원까지 이동할 수 있다고 들었습니다."

엄청난 에너지가 필요한 마법진이나 엄청난 자원과 노력

이 필요한 포탈과 달리 영인은 능력의 고하에 따라서 다르지만, 공간 이동이 가능한 점 때문에 차원을 오가는 전령이나 상인으로 활약을 할 수 있는 것 같았다.

'상인들은 정말 대단하군.'

생각을 해 보니 영인은 도적이나 간첩보다는 상인이 어울렸다.

갓상점처럼 전 우주적인 시스템이 없더라도 상단의 영인 상인들은 차원을 이동하면서 상행위를 할 수 있는 것이다.

'그래서 피라미드 내부에 있던 영인의 몸에서 영력과 함께 짙은 마기가 느껴졌던 거군.'

"신기한 존재로군."

"완전한 영인도 장점만 있는 건 아니라고 들었습니다. 먹고 싸는 등의 기본적인 행위가 불가능하다고 하더군요. 성행위도 할 수 없어 후손을 남길 수도 없고, 햇빛도 오래 받으면 안 된다고 합니다. 영력이 없는 곳에서는 오래 버티지 못한다는 말도 들었습니다."

마테라가 잘못 알고 있지만 굳이 설명하지는 않았다.

데미갓 칭호를 통해서 확인한 진짜 영인은 언제든 육체를 실체화시킬 수 있었다. 즉 진짜 영인은 영체로도 인간으로서도 생활할 수 있는 엄청난 존재였다.

"더구나 이곳에 있는 영인들은 영마기를 수련한 지 그리 오래되지 않은 경우가 대부분입니다. 아직 장거리 공간 이동을 할 수 없는 말단이지요. 그래도 텔레파시를 쓸 수 있어서 콘베로마키나를 포함해서 질 좋은 드워프제 무구나 아이템을 구하려는 마신전에서 텔레포트 마법진 관리자로 보낸 겁니다. 더불어 다크드워프족의 동태를 감시할 목적도 가지고 있고요."

그러니까 상단 출신의 영인은 호렌밖에 없고 나머지는 모두 마신전에서 파견했다는 것이다.

"더 아는 건 없나?"

가온의 물음에 마테라는 고개를 저었지만 한 여인이 입을 열었다.

"영체는 영력을 사용하는 스킬에 무력하고 신성력에 극도로 약하다는 말을 들은 것 같아요. 전 세키나라고 해요, 마스터."

세키나는 제대로 먹질 못해서 근육이 거의 소실된 상태이고 마기 역시 거의 없는 상태였지만 골격이나 마나로드 그리고 풍기는 분위기로 보아 소드마스터 상급의 실력자였다.

"세키나는 마계에 정착한 드워프 중 엘더드워프를 제외하면 가장 순수한 순혈입니다. 고 드워프의 진혈을 이었습니다."

가온이 세키나에게 관심을 보이자 마테라가 재빨리 그녀를 소개했다.

"진혈은요. 진짜 진혈을 가지고 있다면 아무리 독에 당했다고 해도 이렇게 무력하게 무너지지 않았을 거예요.”

말은 그리했지만 가온은 세키나가 시르네아보다 약간 실력이 떨어지는 강자라는 사실을 알 수 있었다.

특히 정신력이 아주 강해서 어떤 것에도 흔들리지 않는 부동심을 가지고 있는 것 같았다.

‘고 드워프가 거인이었던 모양이네.’

고대 유적지를 보고 대충 짐작은 했었다.

아무튼 세키나 덕분에 영인들을 상대할 중요한 정보를 입수하게 되었다.

“그런데 영인들은 언제 처리하실 생각입니까?”

“그건 왜 묻나?”

마테라의 질문이 이상하게 들렸다.

“방금 말씀드린 대로 영인들은 공간 이동 능력은 물론 텔레파시 능력을 가지고 있습니다. 놈들은 텔레포트 마법진을 관리한다는 명목으로 파견되긴 했지만 실제로는 이곳을 감시하는 임무를 받아서 왔기 때문에 상황을 알아차리면 곤란해집니다.”

“제가 아는 바에 따르면 자정과 정오를 기점으로 2시간은 영인들의 휴식 시간이에요. 그때를 노리면 될 것 같아요.”

“굳이 그 시간까지 기다릴 필요는 없어.”

자신의 권속이 되었으니 전력의 전부는 아닐지라도 일부는 보여 줄 필요가 있었다.

"그러고 보니 다들 상태가 많이 안 좋군."

가온은 이제 자신의 권속이 된 드워프들의 발목에 채워진 쇠사슬을 일일이 잘라 주었는데, 일반 쇠사슬이 아니라 마기를 억제하는 장치가 달려 있었다.

그렇게 몸과 마기를 구속하고 억제하던 쇠사슬을 제거한 가온은 아공간에서 엘프목의 눈물을 꺼내 나눠 주었다.

그건 모든 포션의 효과를 두루 가지고 있어서 오랜 수감으로 인해서 약해진 몸 상태를 빠르게 회복시켜 줄 것이다.

예상대로 엘프목의 눈물을 마신 드워프들은 곧 몸 상태가 급격히 좋아지는 변화를 감지하고 깜짝 놀랐다.

체력이나 근력과 같은 신체적 능력은 물론 마나 혹은 마기까지 빠르게 회복된 것이다.

"이곳에서 몸 상태를 회복하고 있도록."

원래 아니테라로 데리고 갈 생각이었는데 빠르게 행동할 필요가 있어서 나중으로 미뤘다.

"마스터는요?"

가온이 혼자 영인들을 처리하려는 것으로 오해한 마테라와 세키나 등이 걱정 가득한 얼굴로 물었다.

"던전 밖에서 대기하고 있는 단원들을 불러오겠다."

그렇게 말한 가온은 공간 이동술을 사용해서 빠르게 던전을 빠져나갔다.

구한 드워프들의 안전은 정령들에게 부탁해 두었기에 걱

정할 필요는 없었다.

"우리 마스터, 어때?"

마테라가 다른 이들을 돌아보며 물었다.

"이 고대 유적을 먼저 발견한 다크드워프보다 더 잘 알고
있는 것이나 이렇게 효과가 뛰어난 영약을 대량으로 가지고
있는 것을 보면 무척 신비한 인물인 것 같아요."

"우리 모두를 대상으로 영혼의 맹약을 맺을 정도로 강한
정신력과 영혼을 가지고 있는 것만 봐도 인간의 한계를 초월
한 분인 것 같습니다."

무리의 공학자를 이끄는 마테라와 함께 전사를 이끄는 세
키나 그리고 장인을 이끄는 론달의 얼굴에는 호기심과 함께
경의가 가득했다.

엘더드워프 마멜

얼마 후 던전으로 다시 들어오는 가온의 뒤에는 1천여 명
의 전단원이 따르고 있었다.

이들에게 던전 공략에 따른 업적을 세울 수 있도록 해 주
기 위해서 번거로웠지만 던전 밖에서 소환해서 데리고 온 것
이다.

이미 얘기를 해 두었기에 단원 대부분은 거대한 공동의 벽
에 있는 수많은 광산 쪽으로 향했고 수뇌부를 포함한 일부만
피라미드 형태의 건물로 향했다.

건물 앞에 도착하자 아나샤와 아레오는 영술사와 마법사
와 함께 빠르게 건물 전체를 감싸는 대형 신성마법진을 설치
하기 시작했다.

"아나샤, 완성되면 바로 가동해."

신성마법진이 가동되면 마신 상단의 영인들은 밖으로 나올 수 없을 것이다.

당연히 공간 이동도 할 수 없고 심지어 텔레파시도 보낼 수 없었다. 그러니 이곳 사정이 바깥으로 알려지는 것을 막을 수 있었다.

마법진이 거의 완성이 되어 갈 때 가온은 영체가 된 상태로 건물 안으로 진입해서 곧바로 지하로 내려갔다. 차원석을 챙기기 위해서였다.

'영체화를 하면 어디든 침투할 수 있겠군.'

기계식 잠금장치는 물론이고 마법진이 있어도 상관이 없었다. 영체는 어떤 재질의 벽이나 장애물을 투과할 수 있었다.

건물의 지하는 지상보다 더 컸다.

다른 건물의 지하에 있는 고대 유적지 정도는 아니지만 그래도 상당한 규모였다.

그런 지하의 중앙에는 검은 피부에 코와 입 부분이 짓이겨져서 외모를 알아볼 수 없는 몬스터가 천장을 보는 자세로 바닥에 누워 있었는데, 사지 말단과 관절 부위 그리고 심장 등 많은 부위에 화살처럼 가늘지만 긴 창이 박혀 있었다. 그리고 창신에는 마법진이 새겨져 있었다.

그런데 놀랍게도 죽지 않은 상태였다.

'조금이라도 움직이면 마법진이 발동해서 몸을 걸레로 만

들겠군.'

차원석은 보스의 아랫배 부분에 올려져 있는 상태였다.

다크드워프족은 무슨 이유에서인지 모르겠지만 던전 브레이크를 발생시키지 않으려고 보스를 저렇게 구속해 둔 것이다.

가온은 그저 숨만 쉬고 있을 뿐 전혀 움직이지 못하는 보스를 단번에 처리할 수 있음에도 놈을 살펴보기로 했다.

차원석은 대전사장들이 영인들을 모두 처리한 후에 챙겨도 시간은 충분했다.

일반적인 던전은 해당 공간에서 가장 강력한 세를 가진 무리의 수장이 보스다.

그런데 이 던전은 다크드워프가 마계에서 살던 곳이 통째로 이동했는데도 다른 몬스터가 보스인 것 같아서 호기심이 들었기 때문이다.

가까이에서 화살 굵기의 가느다란 창들에 의해서 바닥에 고정된 상태의 보스를 유심히 살펴봤다. 의식이 거의 없다는 것은 이미 인지했다.

'피부가 검은 것이 아니라 피가 굳어 버린 거군.'

안면부 역시 짓이긴 코와 입 등에서 흘러나온 선혈이 굳어서 검게 보인 것이다.

'여성?'

느릿하게 오르내리는 가슴의 융기는 확실하지 않았지만

알몸이었기에 알도 없고 튀어나온 것도 없는 사타구니만 보고도 보스가 여성이라는 것을 알 수 있었다.

그런데 체형을 살피던 가온의 눈이 커졌다.

'드워프!'

놀랍게도 보스의 정체는 드워프였다.

'아니지. 당연한 것일 수도 있어.'

이 던전은 본래 마계에 있는 다크드워프족의 공간이다. 그렇기에 지하에 거대한 고대 유적지까지 있었을 것이다.

그럼에도 불구하고 가온이 놀란 것은 보스가 이런 몰골로 죽기 직전의 상태로 구속당해 있었기 때문이다.

'오니가 다크드워프족의 수장이 아니었군.'

그러고 보니 재질을 알 수 없는 가는 창 중 유독 굵은 것이 심장 부분에 박혀 있었다.

가온은 차분하게 오니를 비롯해서 흡수한 다크드워프족의 영혼이 가지고 있었던 기억을 뒤지기 시작했다. 그리고 마침내 보스의 정체를 깨달은 가온은 경악할 수밖에 없었다.

'엘더드워프가 존재했다니!'

오니의 기억에 따르면 이 보스는 마멜이라는 이름을 가진 여성으로 태고에 존재했다는 고 드워프의 진혈을 가장 많이 물려받아 엘더드워프라고 불렸다.

엘프족으로 따지만 하이엘프와 비슷한 신분이고, 인간으로 치면 황위 후계 1순위의 황녀라고 할 수 있었다.

엘더드워프는 엘프족의 하이엘프와 비슷한 신분으로 태생적으로 종족을 초월한 능력을 가지고 있으며 성년이 되면 일족을 이끌도록 다양한 교육과 수련을 받는다.

마멜 역시 유년기부터 은퇴한 대전사와 학자 그리고 기술자로부터 다양한 교육과 수련을 받았다.

받아야 할 교육과 성취해야 할 목표가 워낙 높아서 또래처럼 놀거나 게으름을 피울 여유도 없이 말이다.

아무리 진혈을 지니고 있다고 해도 어린아이가 감당하기 어려운 강도의 교육과 수련이지만, 마멜은 가르치는 이들에게 세뇌를 당해서 힘든지도 모르고, 외롭다는 감정도 제대로 느끼지 못했다.

그저 마족의 노예 신세나 다름없는 드워프족의 신분 상승을 이룰 위대한 지도자가 되어야 한다는 생각으로 생활해 왔다.

그렇게 교육을 받으며 15년을 보내고, 그 후 10년 동안 고드워프가 남긴 신물을 통해서 혼자만의 수련을 한 마멜은 다크드워프족의 족장이 되어야 했지만, 소수계에 속하는 출신과 세뇌 교육으로도 교정되지 않는 사상이 문제가 되었다.

그녀는 마화 정도가 가장 높은 다크 일족이 아니라 뿔조차 없는 옐로 일족이었고, 족장 시험을 치르면서 드워프족의 발전에 방해가 되는 이들을 제대로 처리하지 못했다는 이유로 족장 후보에서 탈락했다.

일개 전사가 전락한 그녀가 받은 첫 임무는 이른바 실험체로 불리는 아인종 노예들을 감시, 감독하는 것이었다.

그럼에도 불구하고 마멜은 오니를 비롯한 수뇌부에 별 불만이 없었다.

어릴 때부터 혼자 지내면서 항상 세뇌식 교육만 받아 온 그녀는 자신의 생각을 주장할 엄두를 내기는커녕 불만조차 가지지 못한 것이다.

하지만 첫 임무지인 광산에서 중노동에 시달리는 노예들에게 관대한 대우를 해서 다른 노예들의 불만을 키웠다는 이유로 전사 자격을 박탈당했고, 우연히 만난 바루스드워프들과 교류했다는 이유로 수뇌부의 미움을 샀다.

던전의 보스는 던전에서 가장 강한 개체가 되는 것이 불변의 원칙이다.

어릴 때부터 진혈을 개화한 그녀는 불순한 마기가 아니라 순수한 마기를 쌓을 수 있었기에 전투력을 포함한 전체 능력은 확실히 보스가 될 정도였지만, 꼭두각시로 살아온 그녀는 너무나 무력하게 이런 꼴이 되고 말았다.

심안이 아니라면 시체로 볼 수밖에 없는 몸이지만 가온은 보스인 마멜이 품고 있는 엄청난 영력과 마기를 느낄 수 있었다.

마기는 마나와 동일하게 마나오션에 깃들어 있었는데, 어마어마한 양이 시르네아와 비슷한 수준이었다.

그런데 더 놀라운 건 영력이었다.

'영규를 170개나 열었군.'

영규를 연 것만 봐도 얼마나 많은 영력을 쌓았는지 알 수 있었다.

전투력은 알 수 없지만 쌓은 영력과 마기의 양만 봐도 시르네아와 동급이거나 그 이상의 강자였다.

마멜을 찬찬히 살펴보던 가온이 갑자기 피식 웃으며 염력으로 그녀의 피부와 몸 곳곳에 박혀 있는 화살처럼 가느다란 창을 모두 뽑아냈다.

"난 이 던전을 공략하기 위해서 들어온 아니테라 용병단의 온 훈 단장이다. 오니를 비롯해서 이 던전의 다크드워프족은 모두 죽었다. 그러니 시체 행세는 그만해."

가온의 말에 시체처럼 미동도 하지 않았던 마멜의 몸이 미세하게 꿈틀거렸다.

"용병이라고?"

나무껍질처럼 갈라진 입술이 열리며 나온 첫 말은 질문이었는데, 역시 예상대로 차분하면서도 힘이 있는 목소리였다.

"맞아. 정확하게 말하자면 차원용병이지."

"그게 뭐지?"

가온은 나름 짧게 차원 융합과 신들의 협력으로 만들어진 전 우주적 시스템 그리고 자신이 받은 차원 의뢰에 대한 내용을 털어놓았다.

"우리 드워프족이 차원 융합의 속도를 앞당겼단 말이지?"

가온의 설명을 듣는 동안에 보인 표정이나 눈빛을 보면 내용을 정확하게 알아듣고 있었다.

즉 그녀도 차원 융합에 대해서 이미 알고 있다는 것이다.

"그것도 급속도로 앞당겼지. 콘베로마키나를 개발해서 마신전에 공급하는 바람에 이 마툰 차원만 해도 영력과 마나 그리고 자연지기가 마기로 대체되어 버렸어. 마계와 유사한 대기가 조성된 거지. 그 탓에 마족들이 활개를 치게 되었고."

"하아. 반역자 놈들이 결국 선조의 유물까지 건드렸군."

"선조의 유물이라고?"

"맞아. 콘베로마키나는 마계로 추방된 일족을 위해서 고 드워프 중 한 분이 개발한 유물이야. 그게 아니었다면 그 당시에 어쩔 수 없이 마계로 이주할 수밖에 없었던 드워프족은 정착은 고사하고 모두 마기 중독으로 죽었을 거야."

당시 마계로 건너온 드워프들은 콘베로마키나를 이용해서 거주지 주위의 마기를 마나로 바꾸어서 살아남은 것이다.

"오랜 시간이 지나면서 일족의 신체가 자연스럽게 마기에 적응한 이후에는 당대 족장과 원로들에 의해서 영원히 지켜야 할 보물이 되어 비고에 보관해 왔던 물건이야. 그걸 현 오니가 꺼낸 거야, 마계의 지배자들에게 인정을 받기 위해서."

오니는 비고의 유물을 정리하다가 콘베로마키나를 발견하

고 오랫동안 연구한 끝에 그것이 마기를 마나로 바꾸는 기능만 있는 것이 아니라 반대의 기능도 할 수 있다는 사실을 깨달은 것이다.

그러다가 우연히 마계의 지배자들이 마기가 옅거나 거의 없는 차원을 공략하는 데 어려움을 겪고 있다는 것을 파악하고, 콘베로마키나를 통해서 이득을 챙길 생각으로 보급형을 개발해서 판매한 것이다.

"우리 드워프족을 다 죽였나?"

담담한 목소리였지만 아주 강한 살기가 느껴지는 질문이었다.

"아니, 다크 일족만. 드워프 중에서도 노예처럼 부려지는 경우는 구해 두었어."

"다행이네. 고마워. 그냥 놔두었으면 다크 일족에 의해서 다 죽었을 거야. 이 은혜는 꼭 갚겠다."

그제야 살기가 씻은 듯이 사라졌다.

"어떻게 갚을 건데?"

"뭘 어떻게 해 줄까? 내가 이 던전의 보스이니 죽어 주면 될까?"

죽어 준다는 얘기를 이렇게 담담하게 하다니 죽음을 각오한 것 같기도 했다.

"너와 같은 강자가 이렇게 죽으면 너무 허무하지. 이제 네가 드워프족의 수장이 되었으니 다크 일족이 세상에 저지른

죄를 갚아라, 내 권속이 되어서."

"권속이 되라고? 노예 말이야?"

"권속이라고 했지, 노예라고는 하지 않았어. 종속 계약이라고는 해도 일방이 언제든 해제할 수 있고."

"그래야 할 이유는?"

"내 권속이 되어야만 이곳과 다른 세상에서 구한 드워프족들이 안전하고 풍요로운 삶을 살 수 있으니까."

가온은 아니테라에 대해서도 설명을 해 주었다.

"그곳으로 건너가려면 반드시 내 권속이 되어야 한다."

"좋아. 그렇게 하지. 대신 한 가지만 약속해 줘."

예상한 대로 마멜은 가온의 제안을 흔쾌히 받아들였다.

"뭔데?"

"마족을 처리하는 임무에 반드시 날 포함시켜 줘."

"그렇게 하지."

시르네아와 비슷한 실력을 가진 엘더드워프를 그냥 놀릴 수는 없다.

"카오스, 마멜과 인사해."

가온의 말에 주위를 돌아보던 카오스가 자신을 드러내며 인사를 했다.

"저, 정령?"

"카오스, 애 좀 씻겨 줘야겠다."

마나로 후각을 봉쇄했기 망정이지 몸에서 나는 악취가 엄청났다.

쏴아!

카오스는 처음 보는 사이라서 그랬는지 거센 물줄기를 만들어서 마멜의 몸을 씻겼다가 드러난 몸에 새겨진 고문의 흔적을 보더니 따듯하고 부드러운 바람을 만들어서 물기를 말려 주었다.

'이런!'

가온은 얼굴을 돌렸다.

몸에 붙어 있었던 피딱지가 사라지자 마르긴 했지만 뚜렷하게 여성의 알몸이 드러난 것이다.

가온은 얼핏 봤던 몸을 떠올리며 아공간에서 여성 속옷과 내의 그리고 방어구 한 벌을 꺼내 준 후에 멀찍이 떨어졌다.

얼마 후 방어구까지 챙겨 입은 마멜이 걸어왔다.

"고마워요, 마스터."

아까와 달리 부끄러워하고 고마워하는 감정이 진하게 묻어나는 목소리였다.

"오! 잘 어울리네."

워낙 마른 몸이었지만 골격이 컸기에 대충 맞았는데 눈빛이 강렬해서 그런지 엄청난 포스를 가진 여전사로 보였다.

가온은 그제야 마멜과 종속 계약을 맺었는데 얼굴에 살이 거의 없었지만, 이목구비가 아주 뚜렷했고 눈빛이 깊고 강렬한 것이 아주 인상적이었다.

"이것도 마셔."

가온은 한동안 제대로 먹지 못한 것 같은 마멜을 위해서 세계수 엘라에게 받은 정수 한 병을 주었다.

마멜은 사양하지 않고 바로 마셨는데 금방 눈이 커졌다.

자신이 일부러 동면과 비슷한 상태로 만들었던 몸이 세포 단위까지 순식간에 활성화되고 있음을 느낀 것이다.

"영약이네요."

"그래. 이제 내 권속이 되었으니 내가 챙겨야지."

"그럼 무기도 하나 줬으면 좋겠어요."

무기를 찾는 것을 보니 전사가 맞기는 한 모양이다.

"손에 익은 무기가 따로 있어?"

"워 해머를 구해 줄 수 있을까요?"

가온은 녹스를 불러서 다크드워프족에게서 챙긴 무기 중 워 해머가 있는지 확인하고 모두 꺼내도록 부탁했다.

개인 취향으로 인해서 다양한 형태와 무게를 가지고 있었지만 워 해머는 상당히 많았다.

"더 무거웠으면 좋겠지만 한동안 쓰기에는 이게 좋을 것 같아요."

마멜이 고른 전투 망치는 손목에 걸도록 굵은 팔찌와 망치 손잡이의 끝이 오우거나 트롤의 힘줄을 꽈서 만든 줄로 연결된 워 해머였는데, 합금으로 만들었는지 색깔이 광택이 없는 검은색이었다.

근접 전투는 물론 원거리에 있는 적을 향해 던졌다가 회수할 수 있는 워 해머였다.

"다크일족을 처리했다고 하셨는데 그 불량품 영인들은 어떻게 됐어요?"

이곳에 구속되어 있었음에도 불구하고 마멜은 영인에 대해서도 알고 있었다.

"아직 처리하지 않았어."

"제가 처리하면 안 될까요?"

"적게 잡아도 마흔 정도는 될 것 같은데 가능하겠어?"

불완전하다고는 해도 영인은 오러 블레이드는 되어야 죽일 수 있다. 게다가 공간 이동술을 익히고 있어서 소드마스터라도 쉽게 처리할 수 없다.

"가능해요."

"혹시 놓치면 골치 아프니까 같이하지. 대신 간단하게 뭐라도 먹고 나서."

얼마나 오래 굶었을지 모르는데 뭐라도 먹여야 할 것 같았다.

"좋아요."

먹는다는 말에 이제까지 거의 변화가 없었던 마멜의 얼굴이 눈에 띄는 변화가 생겼다.

마멜의 식욕은 엄청났다.

오랫동안 굶어서 그런 건지 원래 대식가인지는 알 수 없지만, 언젠가 조리를 했다가 먹고 남아서 아공간에 넣어 두었던 양고기 수육 열 덩이와 빵 열다섯 개 그리고 우유 반 통을 마시고 나서야 손을 내려놓았다.

"고마워요, 마스터. 이렇게 맛있는 음식은 처음이에요."

"그동안 고생했겠다."

별것도 아닌 음식에 이렇게 만족하는 모습을 보니 안쓰러운 생각이 들었다.

오니의 기억에 의하면 마멜은 어릴 때부터 거의 화식(火食)을 하지 않았다. 물론 향신료도 거의 쓰지 않은 음식만 먹었고.

"몸 좀 풀게요."

마멜은 없었던 배가 튀어나와 임신부로 보일 정도로 포식을 했음에도 바로 일어나서 방어구를 벗더니 내의 차림으로 몸을 풀기 시작했는데, 가온은 그것이 높은 수준의 체술임을 알아봤다.

얼마 후 체술을 끝낸 마멜을 본 가온의 눈이 커졌다.

'벌써 소화를 했다고?'

불룩 튀어나왔던 배는 더 이상 보이지 않았다.

그런데 더 신기한 것은 벌써 얼굴에 어느 정도 살이 차올랐다는 사실이다. 게다가 드러난 팔뚝과 종아리도 두꺼워졌다.

'이럴 수도 있는 건가?'

그렇게 오래 굶었다가 폭식을 한 것도 이치에 맞지 않는데 한바탕 몸을 풀고 나니 살이 붙고 근육이 커졌으니 가온도 놀랄 수밖에 없었다.

"마멜, 너 혹시 차원석에서 영력이나 마기를 흡수할 수 있니?"

혹시나 해서 물어보는 것이다.

"원래는 불가능한 일인 것 같은데 던전의 보스로 지정이 되어서 그런지 가능했어요. 덕분에 이 꼴이 되고도 살아남았고요. 하지만 이제 육체가 더 이상 받아들일 수 없어요."

놀랍게도 던전의 보스가 되면 차원석에서 원하는 에너지를 흡수할 수 있었고, 육체가 받아들일 수 있는 한계까지 흡수한 것이다.

화가 복이 된 전형적인 경우라고 볼 수 있었다.

"일단 차원석은 네가 가지고 있어."

아직 던전을 클리어할 때가 아니었다.

"알겠어요. 그리고 이젠 마스터가 내린 명령을 수행할게요."

"천천히 해도 돼."

"너무 오랫동안 움직이지 않아서 몸이 근질거려요. 영인, 그것도 불량품이라 손맛은 없겠지만 다크 일족을 선동해서 조상의 유물을 건드리게 한 마신의 주구들은 빨리 소멸시키고 싶어요."

"좋아. 네 마음대로 해."

가온의 허락이 떨어지자 마멜은 날듯이 빠르게 위층으로 이동했다.

마멜이 떠난 후 가온은 바닥을 유심히 살폈는데, 역시 마기를 대량으로 빨아들여서 방출하는 마법진을 발견할 수 있었다.

'이젠 영맥을 찾아볼까.'

차원석이 만든 던전은 완전한 구형이다.

눈으로는 지면을 기준으로 반원 형태만 보이지만 실제로는 동일한 면적의 지하 공간까지 던전인 것이다.

심안을 최대로 펼친 가온은 지하에서 영력을 마기로 바꾸는 거대한 콘베로마키나와 그 아래쪽에 자리한 영맥을 발견할 수 있었다.

가온은 카오스와 카우마를 동시에 불렀다.

'카우마, 저 영맥을 챙길 수 있겠어?'

-당연히 가능해요.

이전에도 경험이 있었기에 카우마는 어렵지 않고 영맥의 가장자리 부분을 초고열로 녹여 버렸고, 가장 큰 아공간을 가지고 있는 카오스가 챙겼다.

쿠우웅! 쿠르릉!

지하에 거대한 공동이 생기고 윗부분이 무너지면서 건물이 마구 흔들렸지만 그리 오래가지는 않았다.

요동이 그치자 위로 올라간 가온은 갈라진 바닥 곳곳에 널려 있는 영인들을 볼 수 있었는데, 머리통이 부서지고 가슴이 함몰되거나 통째로 날아가 버려서 그런지 흐릿했던 몸이 확연하게 보였다.

슈우욱!

강렬한 파공성에 눈을 돌려보니 마멜의 워 해머에서 망치 형태의 강기가 한 영인을 향해 날아갔는데, 사색이 된 영인이 공간 이동으로 피했지만 오러 해머는 살아 있는 것처럼 방향을 바꾸더니 빠르게 영인을 향해 날아갔다.

'오러 해머를 날려서 조종까지 하다니 대단하네.'

이 정도면 소드마스터 최상급이라고 할 수 있었다. 시르네아에 필적하는 강자인 것이다.

연거푸 공간 이동을 하며 오러 해머를 피하던 영인이었지만, 영력이 고갈되었는지 아니면 심력이 다했는지 결국 머리에 오러 해머를 맞고 멀리 날아갔다.

가온은 파워 드레인 스킬을 펼쳤다.

'오! 엄청나네!'

죽음의 기운은 물론이고 마기와 영력이 결합된 새로운 형태의 에너지가 대량으로 빨려 들어왔다.

'나도 영마기를 다룰 수 있을까?'

영마기는 단순히 영인이 될 수 있는 효과만 있는 건 아닐 것 같았다.

그런데 놀랍게도 영마기가 몸 안에 들어오는 순간 새로운 영규가 열렸는데, 기존의 영규와 달리 마나 포인트와 아주 가까운 곳이었다.

'영마기가 영력과 마기로 분리되는군.'

기대한 것과 달리 영마기는 새로운 종류의 에너지가 아니었다. 결합 과정은 잘 모르겠지만 결합비는 대략 45 : 55 정도였다.

영인이 될 정도로 많은 영마기를 가진 자들이 마흔이 넘어서 그런지 영규는 무려 104개가 더 열렸는데 모두 영력으로 가득 채워졌다.

상태창을 확인하니 예상한 대로 영력은 물론 마기가 엄청나게 늘어났다.

그렇게 상태창을 보고 있을 때 마멜이 놀란 얼굴로 다가왔다.

"마스터, 혹시 마법사세요?"

"마법도 쓰지. 왜?"

"한순간에 내부에 가득했던 영력과 마기가 사라졌어요."

전사가 사용하는 능력과는 너무 다르기에 이렇게 생각하는 것 같았다.

"난 정령마검사야."

"아!"

탄성을 지른 마멜의 얼굴에는 이전보다 더 강한 경의의 감정이 떠올라 있었다.

"나가지."

영맥이 사라지는 바람에 발생한 지진으로 인해서 피라미드 형태의 건물은 곧 무너질 것처럼 불안한 상태였다.

밖으로 나가니 바루스드워프들과 단원들이 불안한 얼굴로 기다리고 있었다.

"온 랑, 괜찮아요?"

아나샤와 아레오가 가장 먼저 달려와 물었다. 갑자기 건물이 심하게 흔들려서 걱정을 하고 있었다.

"난 괜찮아, 차원석도 챙겼고."

"건물이 무너질까 봐 들어가 보려고 했어요. 그런데 이분은?"

어느새 가온을 둘러싼 전단 수뇌부가 그의 뒤에 서 있는 거구의 여인에게 관심을 드러냈다.

"마멜이라고 해. 던전을 깨는 데 도움을 주었어. 이젠 우리 식구고."

가온이 말한 식구가 어떤 의미인지는 다들 알아들었다.

"아! 반가워요. 나는 아나샤라고 해요."

"어머! 정말 근사한 몸이네요. 나는 아레오라고 해요."

아나샤와 아레오는 순수한 마음으로 마멜을 반겼지만, 다른 수뇌부는 마멜의 경지를 어느 정도 알아봤는지 살짝 경계를 하며 그녀와 인사를 나누었다.

"사람들은 다 구했어?"

"네, 온 랑. 엄청 많아요. 그동안 얼마나 힘들었는지 몰골이 형편없어요. 당장 뭐라도 먹여야 할 것 같아요."

아레오가 안쓰러운 얼굴로 뒤편을 쳐다봤는데 남녀를 불문하고 헐벗은 사람들이 이쪽을 쳐다보고 있었다.

'족히 3만 명은 되겠네.'

아마 이것보다 훨씬 더 많은 사람들이 끌려와서 강제 노역에 시달리다가 죽어 갔을 것이다.

"아직 던전을 완전히 공략한 것은 아니니 일단 이곳에서 식사를 하고 나가도록 하지. 보급 대원들은 당장 고기 수프를 끓일 준비를 하도록! 3만 명이 다 먹을 수 있는 양을 준비해야 해."

가온의 명령에 단원 중 일부가 마법 화로와 솥을 시작으로 조리 도구와 식량을 꺼냈고 다른 단원들도 손을 보탰다.

그렇게 단원들이 일사불란하게 움직일 때, 마멜은 반가운 사람들을 만났다.

"마멜 님, 무사하셨군요!"

"마스터에게 듣긴 했지만 정말 무사했군요. 정말 다행이에요!"

가온이 구한 드워프들이 마멜에게 몰려들어 눈물을 흘리며 그간의 사정을 서로 얘기하면서 반가운 해후를 즐겼다.

"헤루스, 저 여자의 정체가 뭐예요?"

굳은 얼굴로 마멜을 바라보던 시르네아가 조심스럽게 물었다.

"엘더드워프야."

"그럴 것 같았어요. 저랑 실력이 비슷할 것 같네요."

시르네아의 말에 주위에 있던 사람들이 깜짝 놀랐다.

마멜이 드워프족이라는 사실도 놀랍지만 아니테라 전단의 전단장인 시르네아가 소드마스터 상급 이상이라는 사실을 잘 알고 있었기에 더욱 놀랄 수밖에 없었다.

"지금까지 일족도 몇 번 만나지 못하고 수련만 강제당한 채 살아왔다니, 불쌍하게 생각하고 잘 챙겨 줘."

"성인식을 치른 거죠?"

"잘 모르겠지만 실력으로 보면 그렇지 않을까?"

"제가 알아서 잘 챙길게요."

처음 봤을 때는 경계심이 묻어나던 시르네아의 얼굴에 안쓰러운 감정과 동질감이 흘러나왔다.

육수는 쓰지 않았지만 고기와 야채 그리고 곡물도 모두 가루였기에 수프는 금방 끓었고, 오랜만에 제대로 된 음식 냄새를 맡은 사람들은 자신들도 모르게 구해 준 사람들에게 다가왔다.

곧 배식이 이루어졌고 이곳으로 끌려와서 온갖 고초를 겪은 사람들은 부드럽고 단 밀빵 두 개씩과 속이 깊은 그릇에 가득 담긴 따뜻한 수프를 받고 눈물을 흘리며 식사를 했다.

그동안 아레오를 비롯한 마법사단에서는 끌려온 사람들의 숫자를 파악했다.

"3만 명이 넘는군."

"처음에는 10만 명이 넘었대요."

그럼 7만 명에 달하는 사람들이 죽었다는 얘기다.

'잘 죽었네.'

어차피 가책 같은 건 받지 않는 가온이지만 속이 시원했다.

"그런데 저 사람들은 어떻게 하려고요?"

"원래 살던 곳으로 돌려보내고 싶은데……."

2할 정도는 걷는 것조차 쉽지 않아 보였다. 더구나 지금은 구출을 받고 긴장이 풀린 상황이라 그런 이들은 더욱 많은 것이다.

'아무래도 테우번과 연락을 해 봐야겠네.'

한창 바통시의 현황을 파악하느라 정신이 없을 에버라이트 용병단의 테우번과 통신을 하려고 했던 가온은 영체화를 하면 순식간에 바통시에 다녀올 수 있다는 사실을 상기하고 다녀올 준비를 했다.

그때였다.

–영인 한 명이 나타났어!

던전 안을 돌아다니던 카오스가 의념을 보내왔다.

'어딘데?'

–영인들이 있던 곳이야.

그 영인이 호렌이라는 사실을 깨달은 가온의 몸이 순간적으로 흐릿해지더니 이내 사라졌다.

영인 상인 호렌

바닥과 건물의 균열이 한층 더 커져 바로 무너져도 이상하지 않은 건물 안에는 호렌이라는 영인이 주위를 살펴보고 있었다.

'영인의 사체를 치우길 잘했네.'

가온은 혹시 몰라서 녹스에게 영인의 사체를 챙기도록 했다. 하지만 싸운 흔적은 어쩔 수 없이 남았다. 그렇기에 호렌이라는 영인이 심각한 얼굴로 주위를 돌아보는 것이고.

가온은 순식간에 호렌의 뒤를 따라잡았다.

덥썩!

가온이 호렌의 목을 잡는 순간 그녀의 신형이 더욱 흐릿해졌다. 공간 이동을 하려는 것이다.

하지만 완벽한 영인이 아닌 그녀는 가온을 벗어날 수는 없었다.

"홀리필드!"

"커억!"

막 입자화되고 있던 호렌의 몸이 원래대로 돌아오면서 비명을 질렀다.

"시, 신성력!"

그렇게 외치는 호렌의 얼굴이 사색이 되었다.

불완전한 영마기는 신성력에 닿으면 분리가 된다. 즉 영체가 부서진다는 것을 의미했다.

"영혼흡……."

"살려 주세요! 뭐든지 할게요! 꼭 해야 할 일이 있어요!"

가온이 호렌을 대상으로 영혼 흡수 스킬을 시전하려는 순간 그녀가 바로 무릎을 꿇고 빌기 시작했다.

"해야 할 일?"

"저희 일족은 구해야 해요!"

"누구에게서?"

"신마신 상단이 저희 일족을 억류하고 있어요."

그렇게 말하는 호렌의 얼굴이나 목소리에서는 거짓된 감정은 전혀 느낄 수 없었다.

'흠! 괜히 다 죽였나?'

호렌을 제외한 영인들을 모조리 죽인 것이 갑자기 찝찝해졌다.

"내 권속이 된다면 살려 주겠다. 그리고 내 권속이 된다는 것은 내가 너에 대해서 속속들이 알게 된다는 것을 의미한다."

"될게요! 제발 살려 주세요!"

호렌은 전혀 망설이지 않고 종속 계약을 수락했다.

'태도만 보면 정말 사연이 있는가 보네.'

아무리 생각해도 단순히 자신이 살기 위한 행동으로 보이지는 않는다.

가온은 이제 권속이 된 호렌의 사정을 한번 들어 보기로 했다.

"할 일이 있으니까 왜 그렇게 간절하게 살려 달라고 했는지 짧게 말해 봐."

"그, 그게……."

호렌은 크렐루스 차원 출신이다.

"저희 차원이 이미 마계에 침략당해서 완전히 융합되었어요."

"융합되었다고? 크렐루스 차원은 어떻게 됐지?"

지구는 물론이고 탄 차원도 차원 융합이 진행되고 있었기에 그 결과가 너무 궁금했다.

"마계에 흡수되었어요."

"흡수?"

"네. 말 그대로 흡수예요. 마계의 한 부분이 되었어요. 저도 들은 건데 그렇게 수없이 많은 차원을 흡수했기 때문에 마계는 한쪽 끝에서 다른 끝까지 가는데 와이번을 타고도 1년은 걸릴 정도로 광대하다고 했어요."

가온은 확실하게 기억은 나지 않지만 누군가에게 마계는 끝이 없을 정도로 광대한 세상이라는 말을 들은 사실을 떠올렸다.

와이번도 1년 넘게 날아가야 할 정도로 거대한 세상이니 마신이나 마왕이 그렇게 많을 것이다.

'마계가 그런 곳이었다니! 가만! 그럼 지구도 차원 융합이 되면 마계의 한 부분이 되는 건가?'

그 생각을 하자 전신이 오싹했다.

"사람들은?"

"저희 차원 시간으로 대략 1만 년에 걸쳐 진행된 융합 과정에서 99%는 죽었어요. 마수와 몬스터의 먹이가 되기도 했고요. 나머지는 마인이 되거나 신마신 상단의 노예가 되었고요."

"신마신 상단이 그곳을 차지한 건가?"

"네. 룩세르라는 광물이 엄청나게 많이 매장되어 있어 마계의 지배층에 막대한 대가를 주고 불하받았다고 들었어요."

"룩세르는 또 뭐야?"

"저도 잘 몰라요. 지하 깊은 곳에 광맥이 있어서 채광하는 과정에서 많은 사람들이 죽어 간다는 것밖에요. 자세한 정보는 상단의 고위층만 아는 것 같아요."

"그런데 영마기는 상단 측이 전수했나?"

가온이 영마기를 언급하자 호렌이 놀란 얼굴이 되더니 이내 정신을 차렸다.

"네. 성년이 되지 않은 아이들에게 영마기를 주입하고 친화력이 있는지 확인하는 과정을 통해서 100만 명 중 한 명꼴로 선발이 되었고, 그 후에는 영마기를 수련했어요. 영인이 된 후에는 상인이 되어 상단 측이 배정한 차원에 파견되어 일해 왔고요."

"그럼 다른 영인들도 너와 비슷한 신세인 거야?"

"그건 아니에요. 대부분 마계 출신이고 극히 일부만 저처럼 선발되는 것으로 알고 있어요."

"마신전의 경우에는 어때?"

"원래 영마기는 마신전에서 흘러나온 것으로 알고 있어요. 당연히 그쪽 영인들은 마족이에요."

그럼 영인들을 죽은 것에 부담을 느낄 필요가 없었다.

"상인이 된 지 얼마나 되었지?"

"12년요."

"현재 직책은?"

"6품 상인요."

"품이 등급을 말하는 거군. 몇 품부터 시작하지?"

"7품부터 시작해요. 10년 차에 승품을 했고요. 다만 상인이 되기 전에 10년 동안은 조수로 일해야 하는데 조수도 3품까지 있어요."

7부터 1까지 높아지는 모양이다.

"10년 만에 승품이라, 일반적인 승품 기간은?"

"제 경우는 공을 세워서 10년으로 줄었어요. 보통 4품까지는 20년에 한 번씩 승품 심사를 해요."

그렇다면 상인으로 뛰어난 능력을 보였다는 말이 된다.

"네 영마기가 불순하다는 건 알고 있나?"

그녀의 목을 잡았을 때 알았다.

영마기가 원래 이렇게 불안정한 에너지인지 아니면 호렌의 영마기만 불안정한 것인지 모르겠지만 말이다.

"……혹시 많이 위험한가요?"

목소리가 많이 떨리는 것이 그녀도 자신의 상태를 알고 있는 것 같았다.

"균형이 무너지면 폭발한다, 영력이든 마기든 어느 한쪽이 과해지면."

마테라와 세키나의 설명을 들었을 때만 해도 영마기가 새로운 종류의 에너지라고 생각했지만 그건 아니었다.

영력과 마기가 융합된 것이 아니라 단순히 결합되어 있는 것에 불과한 것이다. 그래서 균형이 무너지면 비참한 결과가 발생한다.

"그래서……."

호렌은 뭔가 떠오른 듯 일그러진 얼굴로 주먹에 힘을 주었다.

그녀는 뭔가 할 말이 있는 것 같았지만 굳이 사정을 묻지 않았다.

"메디카멘툼은 가지고 왔나?"

어차피 마신 크렛의 것이니 이렇게 강탈해도 된다.

"네! 그런데 그걸 어떻게?"

"모두 줘."

호렌은 잠시 고민하는 것 같더니 대용량 아공간 아이템으로 보이는 팔찌 하나를 건네주었다.

"어차피 제가 가진 모든 것은 마스터의 것이니 드릴게요. 상단 지부에 넘겨야 하는 물건들과 영석 그리고 마나석이 같이 있어요."

"서운한 건 아니지?"

"아니에요."

"이런! 일단 나가지."

안 그래도 몇 번이나 심하게 흔들렸던 건물이 곧 무너질 것 같았다.

"네, 마스터."

가온은 이제 자신의 권속이 된 호렌을 데리고 건물을 빠져나왔다. 물론 영체 상태라서 순식간이었다.

건물 밖을 나온 가온이 가장 먼저 본 건 아나샤와 아레오가 다른 마법사들과 함께 사람들을 치료하는 모습이었다.

'쯔쯧!'

자세히 보면 정상인 사람이 거의 없었다. 사람의 생명을 하찮게 보는 놈들에게 강도 높은 노역에 시달렸으니 어쩌면 당연했다.

'나도 거들어야겠군. 호렌은 일단 아무 곳이나 들어가서 쉬고 있어.'

─네, 마스터.

아나샤와 아레오 등을 도우려고 하던 가온은 문득 생각난 것이 있어서 일전에 한번 모습을 드러냈던 라온의 모습으로 변신했다.

물론 아니테라 전단원들에게는 그 사실을 알린 상황이기에 아주 자연스럽게 행동할 수 있었다.

가온은 아나샤와 함께 광역 신성마법인 홀리큐어를 연거푸 시전해서 사람들을 치료했다.

덕분에 신성력과 마력을 거의 소진한 아나샤와 마법사들이 한숨을 돌릴 수 있었다.

치료가 끝나자 다시 제 모습으로 돌아온 가온은 고생한 아나샤와 아레오 그리고 마법사들에게 엘프목의 눈물을 복용하게 한 후 먼저 아니테라로 보냈다.

그곳에 가면 제대로 쉴 수 있었기 때문이다.

잠시 던전 밖을 나가서 확인해 보니 어둠이 깔려 있어서 사람들이 움직일 수가 없었다.

'던전에서 밤을 보내야겠네.'

내외상은 치료가 되었지만 그동안 워낙 혹사를 당한 사람들의 상태가 그리 좋지 않았다.

무엇보다 영양이 제대로 공급되지 않아서 신체 기능이 많이 약해진 상태였다. 정신적으로도 많이 약해졌다.

가온은 몸에 좋은 콰르 고기를 비롯한 식재료를 꺼냈고 단원들과 어느새 마벨이 중심이 된 드워프족은 솥을 내걸고 부드럽고 영양이 많은 수프를 끓였다.

배식은 자유롭게 했다.

"수프는 더 끓이면 되고 빵도 많으니 부족할 것을 걱정하지 않아도 됩니다. 다만 그동안 기름진 음식이 먹지 못해서 여러분의 위장은 많은 음식을 감당할 수 없습니다. 공연히 욕심을 부렸다가 복통이 생기고 설사를 할 수 있으니 적당히 먹어야 합니다."

가온의 목소리는 크지 않았지만 3만이 넘는 사람들은 바로 옆에서 얘기를 하는 것 같아 다들 깜짝 놀랐다.

"그리고 식사를 마치면 바로 눕지 말고 소화가 더 잘될 수 있도록 가볍게 주위를 걷거나 천천히 전신 운동을 하십시오."

"성자께서 하신 말씀이니 따르겠습니다!"

우트 여신이라는 생소한 신의 성녀와 성자지만 두 사람의 가공할 치료 능력을 이미 확인한 사람들은 감히 거역하고 식탐을 부릴 생각을 하지 못했다.

아니테라 용병단은 그들의 목숨을 구해 준 것에 더해서 신성력과 마법으로 치료까지 해 주었다.

그런 이들이 음식이 아까워서 먹지 못하게 할 리가 없다고 믿은 것이다.

그렇게 배식이 끝나고 나서야 아니테라 전단원들과 드워프족도 식사를 했는데 메뉴는 동일했다.

가온은 식사를 하면서 자꾸 곁눈질을 하는 드워프족의 행동을 보고 그들에게는 자신의 변신 사실을 알리지 않았다는 사실을 깨닫고 바로 알려 주었다.

"저, 정말 마스터세요?"

"맞아, 마멜."

"맙소사!"

정령사이자 마법사 그리고 전사라는 사실에도 경악했는데, 마스터가 신성력까지 사용하니 마멜은 그가 인간이 아니라 신이거나 전설의 드래곤이 아닌지 내심 의심했다.

"아! 그리고 이거요."

마멜이 내민 손에 있는 물건은 차원석이었다.

가온은 잠시 더 가지고 있으라고 말하려다가 그냥 받았다.

어차피 클리어 판정이 나도 붕괴될 때까지는 시간이 걸리는데 사람들은 내일 아침이면 밖으로 나갈 것이다.

이제 던전은 클리어된 것이나 마찬가지였지만 아직 큰 문제가 하나 있었다.

'이 많은 사람들을 어디로 보내지?'

출신이나 성향도 전혀 알지 못하는 상태에서는 아니테라로 데리고 갈 수는 없었다.

그때 에버라이트 용병단의 테우번이 생각났다.

'바통 시티에도 사람이 필요할 수 있어.'

가온은 바로 테우번에게 연락했다.

-단장님!

"바쁘시지요?"

-하하하. 정신이 하나도 없습니다. 그래도 다들 힘을 내어 시티의 현황을 파악하는 중입니다.

테우번은 왕자였던 만큼 국가 경영에 대한 공부를 했을 테니 현황 조사가 가장 시급하다는 사실을 잘 알고 있었다.

"혹시 시민이 더 필요하지는 않습니까?"

-시, 시민요? 당연히 필요한데…….

뜬금없게 들렸는지 당황한 것 같았다.

"협곡 아래쪽에 있는 던전을 공략했는데 마족들에게 잡혀 와서 노역에 시달리고 있던 사람이 3만 명 정도나 됩니다."

-허, 헙! 정말 알타바레스 협곡의 던전을 공략하신 겁니까? 거긴 마

계 던전으로 알려졌는데…….

"네. 이제 막……. 사람이 필요 없으면 다른 곳으로 보내고요."

-아닙니다! 당연히 필요합니다.

시간이 더 지나면 테우번의 이름을 듣고 옛 왕국 출신들이 모여들 테지만, 혹시 모를 마신전의 공격을 생각하면 빨리 시티를 재건해야만 했다. 그리고 재건을 위해서는 사람이 많이 필요했고.

"그럼 바통 시티로 보내겠습니다."

-어, 어떻게 보내신다는 건지…….

"협곡만 올라가면 바통 시티는 그리 멀지 않습니다."

-사람들의 상태가 궁금합니다. 아니, 상태가 말이 아니겠군요.

테우번도 머리가 있는 사람이라 금방 상황을 짐작했다.

"1인당 일주일 치에 해당하는 곡물을 줄 생각입니다."

숫자가 3만에 달해서 그렇게 지급할 경우 어마어마한 양이지만 그들과 죽어 간 이들이 캐낸 광물의 가치를 생각하면 아까울 것도 없었다. 어차피 아니테라에서는 농산물이 남아돈다.

-감사합니다.

테우번은 진심으로 가온에게 고마워했다.

시간이 흐르면 고향으로 돌아가는 이들도 나올 테지만 그 정도의 인구를 한 번에 구하는 건 거의 불가능했기 때문이다.

처리

　그렇게 테우번과의 통신을 마친 가온은 먼저 던전을 나갔다. 비록 밤이 되었지만 협곡 위로 올라가는 길을 만들어야만 했다.

　오러 블레이드를 활용하면 그리 어렵지는 않았다. 다만 시간이 좀 오래 걸리고 귀찮긴 하겠지만 말이다.

　일단 동굴 밖으로 날아올랐다. 그리고 반대편에서 던전이 있는 절벽을 확인한 가온의 미간이 좁아졌다. 수직까지는 아니지만 경사가 너무 가팔랐기 때문이다.

　'흠. 차라리 협곡 바닥으로 내려간 후 경사가 완만한 곳부터 올라가는 길을 만들어야 하나?'

　그런 생각을 하고 있을 때 카우마가 의념을 보냈다.

―제가 한번 길을 내 볼까요?

'어떻게 하려고?'

―절벽의 면을 녹이는 방식으로 비스듬하게 위로 올라가는 경사로를 만들면 될 것 같아요.

초고열로 절벽의 한 부분을 녹여서 길을 뚫겠다는 얘기인데 카우마의 능력이라면 가능할 것 같았다.

'좋아. 한번 해 봐. 내가 바통 시티와 연결되는 지점을 알려 줄 테니까 경사는 3도 이내로 해서. 지그재그 형태라도 상관없어.'

―경사가 3도 정도라면 쭉 이어도 괜찮을 것 같아요.

'오케이! 한번 해 봐.'

가온은 카우마가 본격적으로 움직이는 것을 보면서 아까 차원석을 챙겼을 때 연거푸 들렸던 안내음의 내용을 확인했다.

―차원 융합에 중요한 역할을 수행하는 마계 드워프족의 던전을 공략했습니다!

―11 레벨이 상승합니다!

―스킬과 아이템을 획득합니다!

―3천만 명예 포인트를 획득합니다!

―이 세계의 신들로부터 신성력 500만을 선물로 받았습니다!

가온은 기대와 너무 다르게 높은 수준의 보상에 깜짝 놀랐다. 던전을 클리어한 보상치고는 너무 과하다는 생각이 들었기 때문이다.

'다크드워프족이 이 정도로 차원 융합에 중요한 역할을 하고 있었나?'

엄청난 보상의 이유는 그것밖에 없었다.

'콘베로마키나가 그만큼 차원 융합의 속도를 빠르게 만들었다는 거네. 가만! 콘베로마키나를 이용해서 에너지 이변을 일으킬 수 있다면 그 반대의 경우도 가능한 거 아닐까?'

가능성 여부는 모르겠지만 만일 마계의 에너지 조성 중 마기의 양이 획기적으로 낮춘다면, 마계의 지배자들은 더 이상 차원 침략에 공을 들이지 못할 것이다.

하지만 그러기 위해서는 여러 난관이 예상된다. 당장 생각나는 것만 해도 마계로 건너가는 방법과 마계에도 영맥이 존재하느냐 여부 등이 있었다.

가온은 고개를 흔들어서 마구 떠오르는 생각을 지워 버리고 일단 자신의 상태부터 확인했다. 뭔가 큰 변화가 일어난 것 같았다.

'파워 드레인 스킬을 펼친 이후로 이번처럼 큰 변화를 느낀 적은 없었어.'

황급히 상태창을 확인한 가온의 얼굴이 잠시 멍해졌다. 날갯짓까지 잊어버려 순간적으로 몸이 아래로 떨어져 내릴 정도로 놀랐다.

'영력과 마기가 5천만 가까이 높아졌어!'

다른 에너지가 증가한 건 눈에 들어오지도 않았다.

'영인들이 가지고 있던 영력과 마기를 모두 흡수한 건가?'

그게 아니면 말이 되지 않는다.

'혹시 영마기는 다른 에너지와 다르게 육체에 깊이 융합되지 않았던 건가?'

마력이나 영력 혹은 마나의 경우 순화라는 과정을 통해서 체내에 축적된다. 당연히 죽는다고 해서 모든 에너지가 방출되는 건 아니다.

마수나 몬스터가 가지고 있는 마나와 마기가 죽은 후에도 마정석에 남아 있는 것이 바로 그 증거이다.

하지만 영력과 마기가 불안정하게 결합된 형태의 영마기는 영인을 만드는 효과는 있지만 언제든 육체를 벗어날 수 있는 불안정한 상태임이 분명했다.

'페널티가 엄청나네.'

이렇게 되면 영인만 때려잡아도 데미갓에 어울리는 능력을 가질 수 있을 것 같았다.

물론 이번처럼 영인들이 한 장소에 많이 모이는 경우가 더 있을지는 알 수 없지만 말이다.

이번에는 아이템을 확인했다. 물론 안에서 엄청난 아이템을 통째로 챙겼기 때문에 기대는 전혀 없었다.

'스킬 진화권!'

그것도 무려 A급이나 을급 스킬을 S급이나 갑급으로 올릴 수 있는 진화권이다.

가온은 스킬창을 열어서 하나씩 확인하며 고민을 하다가 환희대법을 진화시켰다.

하마터면 마신의 분혼에게 모든 것을 잃고 죽을 위기에 처했다가 환희대법을 사용해서 간신히 살았던 기억이 너무 강렬했기 때문이다.

'오! 스킬을 사용하면 상대의 성감대와 체위 변화 시 만족도를 실시간으로 확인할 수 있다 이거지.'

서로 노력해서 절정을 맞추고 절정에 도달했을 때 음기와 양기를 교환해서 상대의 기운을 북돋는 것이 요체인 음양대법과 달리 환희대법은 혼자만의 능력으로 그게 가능했다.

음기와 양기의 교환을 통해서 자신의 기운을 증가시키는 것은 기본이었지만, S급으로 진화한 환희대법은 더 근사한 내용이 추가되었다.

'성기는 물론 손을 비롯한 온몸으로 양기를 방출해서 상대의 음기를 자극하는 방식으로 성감을 높일 수도 있군. 둔감한 성감대를 예민하게 만들 수도 있고.'

음양대법을 대성했다고 생각한 순간이 한 번 있었지만 이상하게 그 후로는 다시 경험하지 못했다.

하지만 S급이 된 환희대법이라면 얼마든지 음양대법의 대성지경(大成之境)을 경험할 수 있었다.

즉, 충실하게 사랑하는 것만으로도 마나 연공을 한 것과 같은 효과와 더불어 사랑하는 여인들에게 더욱 큰 만족감과 행복감을 줄 수 있다는 말이다.

'기대되네.'

신이라면 육체의 교합을 통해 느낄 수 있는 쾌감과 만족감은 별거 아닐 테지만, 가온은 초인이기는 하지만 신이 아니다.

인간으로서 만족감과 행복감을 느낄 수 있는 행위는 여전히 그에게 큰 가치를 가지고 있었다.

비록 반신 칭호를 가지게 되었지만 가온은 신(神)이 되고 싶은 생각은 없었다.

젊어서 그런지 영생(永生)이라는 단어도 별로 관심이 가지 않았고, 고결한 도덕심이나 인류애가 있는 것도 아니라서 봉사, 헌신, 희생과 같은 단어도 자신과 무관하다고 생각했다.

'내가 아끼는 사람들을 챙기는 것만 해도 어려운 판에 무슨.'

나중에는 어떨지 모르겠지만 지금은 가족과 사랑하는 여인들, 그리고 아니테라 주민 정도가 보살펴야 할 대상이었다.

'그래도 혹시 모르니까 보험 하나만 들어 놓자.'

가온은 호렌에게 의념을 보냈다.

⟨⬩⟩

가온은 문득 떠오른 생각에 일단 던전으로 돌아와서 호렌을 만나 아니테라로 넘어갔다.

"헉! 여, 여긴 어딥니까?"

"내 영혼과 연결된 차원이야. 생명의 땅이라는 뜻으로 아니테라라고 부르고 있지."

호렌은 너무나 이질적인 광경에 흥분해서 눈을 이리저리 돌렸다.

주민들의 시선과 관심을 피하기 위해서 조금 한적한 곳으로 넘어갔지만, 그곳에서도 하늘을 뚫을 것처럼 자란 세계수와 엘프목들이 보였고, 한창 알곡이 익어 가는 밀과 보리 그리고 수많은 가축이 한가롭게 풀을 뜯는 모습이 보였다.

마계는 물론 이젠 마계의 일부가 되어 버린 원래의 세상에서도 전혀 볼 수 없는 풍경이지만, 차원상인이 되어 방문한 몇몇 차원에서는 이렇게 풍요로운 풍경을 보기도 했다.

하지만 이곳은 뭔가 달랐다.

'이상하게 마음이 안정돼.'

항상 미약한 두통을 앓고 있었는데 지금은 머리를 차가운 계곡물로 씻어 낸 듯이 맑고 서늘했다.

원인을 찾던 호렌은 자신을 감싸는 농후한 영력을 느꼈다.

영력만이 아니다. 마나와 자연지기가 아주 농후했다.

'동식물과 가축들에게는 천국과 같은 곳이네.'

그만큼 강한 생명력이 넘쳐흐르는 곳이었다.

'이런 곳이라면 영술을 수련해도 빠르게 경지를 높일 수 있을 텐데.'

불완전한 영마기를 익히는 바람에 수준급의 영술은 사용할 수가 없어서 너무 안타까웠다.

"호렌, 영마기를 버리고 영력을 보충해서 진정한 영인이 되고 싶지 않아?"

"그, 그게 가능합니까?"

가족과 생존을 위해서 강제로 익힐 수밖에 없었던 영마기는 가온이 말했듯이 시한폭탄이나 다름없는 위험한 기운이다.

"가능해."

호렌은 이제는 자신의 주인이 된 가온의 담담한 대답에 눈시울이 붉어졌다.

사실 영마기가 언제 터질지 모르는 폭탄과 같다는 사실은 알고 있었다.

마계 출신이 아님에도 수익성이 높은 거래를 계속해서 성공시킨 호렌은 최근에 자신을 담당하는 상두로부터 지금처럼만 하면 족쇄를 풀어 주겠다는 말을 들었다.

승진이 아니라 족쇄라는 말에 의구심을 가진 호렌은 적성에도 없는 온갖 아부와 향응을 제공한 끝에 자신의 상태가 굉장히 위험하다는 사실을 알아낼 수 있었다.

영마기는 불안정한 기운이라서 상단에서 약간만 손을 써도 몸이 산산조각이 나서 죽을 수 있다고 했다.

"진정한 영인이 되고 싶습니다!"

"잠깐만 기다려."

호렌에게 뭔가 말하려고 했던 가온의 눈매가 좁아졌다. 세계수 엘라의 의념이 전해졌기 때문이다.

─헤루스, 그 아이의 몸에서 마기를 빼내는 일은 아르보르에게 맡겨 보세요.

아르보르는 가온이 구한 목인족, 즉 나무의 요정이다.

'아르보르에게 그런 능력이 있다고?'

사실 타인의 몸에서 일정한 속성의 에너지를 빼내는 건 굉장히 위험한 일이다.

영마기처럼 불안정한 기운에서 마기만 제거하는 건 더욱 위험했고.

─네! 아르보르는 그 영인의 체내에 있는 마기를 영력을 바꿀 수 있어요. 목인족에 대해서는 저도 얘기를 듣기만 했는데 정말 신기했어요.

'조금 구체적으로 얘기해 줘.'

─아르보르는 에너지의 속성을 바꿀 수 있어요. 그러니까

마기를 마나로, 혹은 영력으로 바꿀 수 있어요.

맙소사! 그건 흡발석의 기능이다.

생각해 보니 아르보르는 마신 라케움의 추종자들에게 잡혀서 노예 생활을 하던 엘프족들을 위해서 자연지기를 방출했었는데, 그게 마기를 자연지기로 바꾼 것이었다.

─무엇보다 변환할 수 있는 에너지의 양이 엄청나요.

'어느 정도인데?'

─공간의 크기를 예시로 들기에는 좀 애매하지만 아니테라 시티에 해당하는 공간의 특정 에너지를 10분 만에 다른 에너지로 바꿀 수 있어요.

"헉!"

가온은 헛바람을 토했다.

지금까지는 종족별로 따로 떨어져 살던 아니테라의 주민들이 아카데미 타운을 중심으로 주거지를 마련해서 자연스럽게 형성된 공간을 언젠가부터 아니테라 시티로 부르고 있다.

아니테라 시티의 크기를 생각하면 단 10분 만에 그 공간의 에너지를 바꿀 수 있는 아르보르의 능력이 얼마나 가공한지 충분히 짐작할 수 있다.

'이거 잘하면 그림 하나가 나올 것 같네.'

물론 당장 사용할 수 있는 건 아니다.

'엘라, 그쪽으로 갈 테니 아르보르를 불러 줘.'

-제 옆에 있어요.

가온은 우연히 떠오른 생각을 구체적으로 실현시키기 위해서 호렌을 데리고 엘라가 만든 숲으로 공간 이동했다.

호렌을 아르보르와 엘라에게 맡기고 마툰 차원으로 다시 돌아온 가온은 고생한 전사들과 이번에 권속으로 받아들인 드워프족을 아니테라로 보냈다.

단원들은 비록 던전을 클리어하는 데 큰 공을 세우지는 못했지만, 그래도 공헌도를 인정받아서 소소하게 명예 포인트를 얻은 것만으로도 만족했다.

그렇게 단원을 아니테라로 보낸 가온은 그동안 수련에 매진했던 마툰 차원 출신의 전사들을 소환했다.

마툰 차원 출신의 전사는 세 부류다.

헤벨을 위시한 엘프족이 312명, 맹갈을 위시한 드워프족은 170명, 그리고 베로트 시티의 외성 마을 출신의 50명이다.

하지만 이들이 전단에 소속되었다고 해서 바로 활약할 수는 없었다.

기존 단원과 제대로 융화되기 위해서는 무기술부터 시작해서 집단진 등 다양한 진형을 익혀야만 했고, 무엇보다 아니테라 전단의 가장 큰 전략 무기인 타이탄 기동 훈련이 필요했다.

그래서 그동안 수련과 타이탄 기동 훈련을 해 오고 있다가 이번에 소환된 것이다.

엘프족과 드워프족의 경우 대전사장, 즉 소드마스터만 22명에 달했고 전원 익스퍼트 실력자였다.

그에 반해서 카르토와 마리 등 베로트 시티 출신의 전사들은 돌레프가 이끌었는데, 짧지만 집중적인 교습과 차원석에서 마나를 끌어내는 마법진의 도움으로 익스퍼트가 된 이들만 8명이나 되었다.

휴먼족의 실력이 가장 낮았지만 가온은 이들이 마툰 차원의 사정에 밝은 점을 고려해서 향후 이들을 전면에 내세우고 엘프족과 드워프족 전사들은 무력 측면에서 활용할 생각이었다.

그동안 수련에 매진했기 때문에 소환된 엘프족과 드워프족 그리고 휴먼족 전사들의 얼굴은 구릿빛이 되었지만 생기가 가득했다.

"헤루스, 오랜만에 뵙네요."

"싸우고 싶어서 다들 몸이 근질근질했습니다!"

먼저 달려온 헤벨과 맹갈은 매일 훈련만 하다가 이렇게 마툰 차원으로 소환된 것이 기쁜지 안색이 눈에 띄게 밝아졌다.

"타이탄 기동은 어때?"

"아직 기가스만 타고 있는데 정말 신기해요. 비록 30분 내외만 기동하고 있지만 너무 신나요!"

"이렇게 대단한 전략 무기를 우리 드워프족이 개발해서 생산하고 있어 더욱 감동스럽습니다!"

기가스에도 이렇게 감탄을 하는데 마나를 증폭할 수 있는 알파급 이상의 타이탄을 타면 어떤 소리를 할지 궁금했다.

"훈련받느라고 고생했네. 그런데 당분간은 아니테라로 돌아가지 못하고 이곳에서 생활해야 할 거야."

"가정이 있는 전사들은 좀 마음이 그렇겠지만 전 오히려 좋답니다!"

"퇴근하고 집에 돌아가지 못하는 점은 아쉽지만 그래도 전사가 빛이 나는 장소는 아무래도 헤루스의 곁이겠지요. 기대됩니다."

비록 수련에 매진하고 있었지만 두 사람도 그동안 다른 전사들이 마신의 추종자들을 처리하기 위해서 주기적으로 소환된 사실을 알고 있었고 자신들도 소환해 주기를 간절하게 바란 적이 있었다.

"아직 기존 전단에 편성되지 않은 상태이니 당분간은 두 사람이 잘 상의해서 부대를 이끌도록 해."

"맡겨만 주세요."

"평소에 공방을 기웃거리던 놈들이 사라져서 전사들의 분위기도 좋으니 걱정하지 마십시오."

그렇게 엘프족과 드워프족 전사들을 다독인 가온은 이번에는 휴먼족을 불렀다.

"돌레프, 그동안 열심히 수련했다고 들었는데 성과는 어떤가?"

"최고입니다!"

돌레프의 자신감 넘치는 대답을 들은 가온은 더 이상 질문하지 않았다.

휴먼족은 상대적으로 경지가 낮았기 때문에 차원석을 활용한 마나 집적진의 효과를 가장 크게 받았다.

　

반나절 정도가 지나서 밤이 아침이 되었을 때 붕괴가 시작된 던전을 차례로 빠져나온 사람들은 카우마가 만든 절벽 길을 보고 입이 떡 벌어졌다.

"대체 누가 이렇게 가파른 절벽에 이런 길을?"

그들의 시선에 담긴 건 협곡의 먼 정상 부분을 향해 비스듬하게 올라가는 길로 높이가 3미터에 너비는 4미터에 달했다.

절벽에 구멍을 뚫고 받침대를 꽂은 후 그 위에 선반을 놓아서 만든 잔도(棧道)만큼은 아니지만, 절벽을 안쪽으로 파서 만든 길을 본 사람들은 놀랄 수밖에 없었다.

이 협곡의 절벽에 이런 길이 없었다는 사실을 알고 있는 이들도, 모르고 있던 이들도 감탄할 수밖에 없었다.

"자, 뒤에서 기다리고 있으니 움직입시다!"

무려 3만이나 되는 사람들이 마치 개미처럼 줄지어서 천천히 경사로를 오르기 시작했다.

딱히 위험한 요소가 있는 것이 아니라서 아니테라의 전사들이 굳이 호위를 하지 않아도 되지만 그래도 혹시 몰라서 중간중간에 배치했다.

그렇게 선두가 2시간 정도를 걸어서 협곡 위로 올라가자 미리 연락을 받은 에버라이트 용병단에서 마중을 나와 있었다.

"고생했습니다! 이곳에서 잠시 쉬다가 함께 바통 시티로 내려갑시다!"

테우번은 사람들의 마른 모습을 보고 짐짓 안쓰러운 표정을 지으면서 미리 준비해 둔 자리로 안내하도록 했다.

그곳에는 갈증을 해소할 물과 달콤한 과일이 준비되어 있었다.

워낙 수가 많아서 3만이나 되는 사람들이 모두 협곡 위로 올라올 때까지 한참이 걸렸다.

에버라이트 용병단 측은 이르지만 점심으로 빵을 준비해서 사람들의 호감을 제대로 샀다.

어제에 이어서 오늘 아침도 고기가 잔뜩 들어간 수프와 빵으로 식사를 했지만, 자신들이 당분간 정착하기로 한 바통 시티 측에서 이렇게 준비했을 줄은 몰랐기 때문이다.

가온은 가장 늦게 올라왔다. 붕괴되고 있는 던전 안을 샅샅이 뒤져서 챙길 것을 모조리 챙겼다.

"온 단장님!"

"준비를 많이 했군요."

"하하하. 단장님이 해 주신 조언대로 한 것뿐입니다."

앞으로 바통 시티를 근거지로 다시 왕국을 일으켜 세울 야망을 가진 테우번이 만면에 미소를 지으며 가온을 반겼다.

"이렇게 많은 전사를 데리고 왔을 줄은 몰랐습니다."

"다행히 용병 연합 측에서 경계를 맡아 주기로 했습니다."

트롬 용병단과 가온이 개인적으로 고용한 세 용병대를 말하는 것이다.

"그렇군요. 시티 주민들의 상황은 어떻습니까?"

"사람들의 상태가 저분들과 다르지 않아서 일단 일주일 정도는 제대로 섭생을 하면서 쉬어야 할 것 같습니다. 얘기는 들었지만 다들 골병이 든 상태라고 보면 됩니다. 아무튼 정말 나쁜 놈들입니다."

"달리 마족이 아니지요."

흡수한 오니의 영혼이 가지고 있었던 기억에 의하면 마족은 침략하는 차원의 아인종은 물론이고 마계에서 살아가는 아인종도 노예처럼 생각한다.

그만큼 마계는 마족이 아닌 생물은 뭐든 빼앗기며 살아갈 수밖에 없는 약한 존재일 뿐이다.

"맞습니다. 이제 바통 시티는 물론이고 협곡에서도 마기가 빠르게 옅어지고 있으니, 이제부터라도 모두가 필사의 각오로 삶의 터전을 지킬 겁니다."

테우번은 바통 시티나 협곡 주위의 대기에서 마기가 빠르게 옅어지고 있는 이유를 묻고 싶은 눈치였지만 감히 묻지는 못했다.

"바통 시티의 식량 사정은 좀 어떻습니까?"

기존에 채광을 하던 이들과 던전에서 구한 이들을 합하면 숫자가 엄청나기에 묻는 것이다.

"마르앙과 달리 이쪽은 마신전 측에서 제대로 관리를 했기 때문에 괜찮은 편입니다. 곡물도 잘 자라고 있어서 한 달 정도면 수확할 수 있으니 그때가 되면 더 여유가 생길 거고요."

넓고 기름진 밭과 풍성한 수확이 약속된 과수원 그리고 초지에 방목해서 기르던 가축들이 있는 바통 시티는, 마르앙 시티보다 식량 사정이 훨씬 나았다.

그 모든 것을 에버라이트 용병단이 장악했고 테우번은 큰 그림을 그리고 있으니 사람들이 굶을 일은 없었다.

구출했다는 것 외에는 딱히 관계가 없는 사람들이지만 이젠 배를 곯지 않고 안전하게 살기를 바라는 마음을 가지고 있던 가온은 테우번의 대답에 무척 만족했다.

"그런데 온 훈 단장님을 만나고 싶어 하는 사람들이 좀 있습니다."

"왜요?"

"저나 미로네스 공주와 비슷한 사연을 가진 이들입니다."

무슨 얘기인지 알 것 같았다.

가온과 아니테라 전단의 도움으로 마신전이 차지한 요지를 빼앗아서 근거지를 마련한 두 사람을 보고 비슷한 처지에 있는 이들이 찾아온 것이다.

'어차피 모든 마신전을 박살 내야 하는 내겐 좋은 일이지.'

이중으로 보상을 챙길 수 있는 기회였다.

"나중에 따로 시간을 잡으려고 했는데 곧 손님들도 줄지어 방문할 것 같고, 온 단장님도 앞으로 바빠질 것 같으니, 이 자리에서 말씀을 드려야 할 것 같네요."

"무슨 얘기를 하시려고요?"

"한 달 정도만 바통 시티에 머물러 주시면 안 될까요?"

"마신 크렛의 지부들이 공격할까 봐 그런 겁니까?"

"맞습니다. 바통은 다양한 광물의 산지이며 제철소와 제련소 그리고 대형 대장간까지 갖춘 곳입니다. 시티 현황을 조사하다 보니 창고가 거의 비어 있더라고요. 사람들에게 물어보니 최근에 다른 지부로 반출된 것 같다고 하더군요. 그런 것으로 봐서 바통이 마신 크렛의 신전 지부들 중에서 다양한 금속 괴와 무기를 공급하던 중요한 지부였던 모양입니다."

그런 곳이니 다른 지부들이 공격할 가능성이 높다고 판단한 것이다.

원래라면 내친김에 마신 크렛의 마신전을 모두 정리할 생각이기에 에버라이트 용병단 측은 걱정할 필요가 없을 테지만 계획이 바뀌었다.

'포탈이 완성되기 전에 부숴야 하는데…….'

영혼을 흡수한 오니의 기억에 따르면 이미 분혼으로 이 세상에 건너온 마신이 셋이나 되며 완성되기 직전의 포탈도 몇 개나 된다.

일단 포탈이 완성되면 얼마나 많은 마계의 생물이 건너올지 알 수 없었다.

마신이나 마왕급의 강자는 포탈을 건너올 수 없다고 하지만 말이다.

"이거 곤란하군요. 완성 직전의 포탈이 있다는 정보를 입수해서 그것부터 처리할 생각입니다."

"이런! 그게 정말입니까?"

"네. 신뢰도가 아주 높은 정보입니다."

"포탈이라니! 그런 소문이 있기는 했지만 정말 큰일이네요. 그럼 이걸 어쩐다……."

테우번은 아니테라 용병단은 물론 여우족과 호인족 그리고 설인족까지 더 이상 바통에 머무를 수 없는 상황이 되자 대번에 얼굴이 어두워졌다.

가온도 마음이 좋지는 않았다.

바통시가 다시 마신 크렛의 추종자들에게 넘어갈까 걸렸기 때문이다.

"드워프와 관련된 고대 유적지 던전을 공략하는 중에 만난 드워프족이 신기한 물건을 보여 주더군요."

"신기한 물건요?"

심각한 얘기를 하는 중에 나온 뜬금없는 주제에 테우번이 황당한 얼굴을 감추지 못했다.

"기가스라고 하는데 마나석 혹은 마정석으로 가동하는 일종의 외골격을 금속으로 만든 전투 슈트입니다."

가온은 이미 다크드워프족에 의해서 기가스의 존재가 마신전 측에 공개된 만큼 아예 기가스를 풀어서 인간 세력의 전력을 증강하기로 했다.

"좀 더 구체적으로 말씀해 주시겠습니까?"

방어구 혹은 갑옷이 아니라 사람이 탑승하는 형태의 외골격 전투 슈트라는 말에 테우번의 눈이 반짝였다.

"외골격의 체고는 대략 4미터에 전사가 배 부분에 탑승합니다. 특별한 마법진들이 내장되어 있어서 전사의 움직임을 그대로 구현할 뿐만 아니라 마나를 일정 시간 동안 세 배에서 다섯 배까지 증폭시켜 줍니다. 당연히 기가스에 탑승한 전사는 한두 단계 이상의 전투 능력을 발휘할 수 있지요."

"저, 정말 그런 물건이 있단 말입니까?"

처음 듣는 얘기였지만 드워프족이라면 충분히 그런 전투 슈트를 만들 수 있을 것 같았다.

'그런 물건만 있으면 우리의 전력만으로도 시티를 충분히 사수할 수 있어!'

"직접 봤을 뿐 아니라 구입해서 운용하고 있습니다. 오러 유저가 탑승하면 본신의 두세 배에 달하는 능력을 발휘할 수 있기 때문에 운용 시간만 잘 조절하면 전력 증강 효과가 엄청납니다."

가온의 말을 들은 테우번은 아니테라 용병단이 1천여 명에 불과한 전력으로 엄청난 업적을 세운 이유 중 하나를 알았다고 생각했다.

"호, 혹시 드워프족과 만나게 해 주실 수 있습니까?"

"그건 어렵습니다. 하지만 거래를 중개할 수는 있습니다."

"그렇게라도 해 주십시오."

"서두르지 마십시오. 지금은 우리가 사용하고 있는 시제 품만 나왔을 뿐 아직 본격적인 생산에 들어가지는 않았답니다. 나중에 기가스부터 확인한 다음에 얘기를 나누시지요."

"그, 그래야지요. 아무튼 이 얘기는 시티로 가서 다시 나누시지요."

테우번은 전사 전력을 급상승시킬 방안이 나오자 희색 가득한 얼굴로 상황을 주재하기 위해서 사람들이 모인 곳으로 향했다.

 ⚜

테우번이 아니테라 용병단을 위해 준비한 숙소는 대사제
들이 사용했던 영빈관이었다.

가온은 성에 진입하는 길에 머스탱 황자를 만났는데, 잠시
테우번을 도와주기로 했으며 가온이 고용했던 세 용병대를
자신이 이어서 고용하면 안 되겠냐고 물었다.

가온이야 딱히 그들이 필요한 것이 아니기에 흔쾌히 수락
했다.

"감사합니다. 이따 일이 끝나면 영빈관으로 찾아가겠습니
다."

그렇게 머스탱 황자와 헤어져 영빈관에 여장을 푼 가온은
바통 공략을 한 후 쉬고 있었던 호인족과 묘인족 그리고 설
인족 전사들이 맞이했다.

"아니, 던전을 공략하셨다면서요?"

묘인족 수장인 아가르타가 따지듯이 말했다.

"섭섭합니다. 그런 재미있는 일을 혼자 하시다니요."

"저희를 배려해 주신 것은 알겠지만 아니테라 용병단이 알
타바레스 협곡의 마계 던전을 공략했다는 말을 듣고 너무 아
쉬웠습니다."

호인족의 무타도, 설인족의 샴도 섭섭한 얼굴이었다.

"하하하. 그 고생을 했는데 어떻게 바로 던전을 공략하자고 하겠습니까? 마침 3군이 임무를 마치고 근처에 도착한 김에 던전을 공략한 겁니다."

"3군요? 그럼 1군과 2군도 있다는 소리네요?"

명석한 머리를 가진 아가르타가 눈을 빛내며 물었다.

"맞습니다."

"세상에! 그럼 바깥에서 본 헤벨이나 맹갈 대전사장은 몇 군인가요?"

"그들이 3군입니다."

"맙소사!"

그들 역시 마신 테라르의 추종자들에게 사로잡혀서 제물이 될 뻔했기 때문에 가온에게 구함을 받은 엘프족과 드워프족 전사들이 얼마나 강한지 잘 알고 있었다.

'그럼 3군에만 소드마스터가 스무 명이 넘어!'

그런 강력한 전력을 동원했으니 알타바레스 협곡의 던전도 순식간에 공략했을 것이다.

아무튼 그 얘기는 1군과 2군의 전력도 최소한 그와 비슷하다는 뜻이니 아가르타가 깜짝 놀랄 수밖에 없었다.

'게다가 광역 마법을 난사하는 고위급 마법사와 성녀에 비견되는 여사제까지 있으니 대체 얼마나 막강한 전력을 갖춘 거야?'

자신들이 본 아니테라 용병단의 전력은 그야말로 빙산의 일각에 불과하다는 사실을 깨달은 아가르타는 잠시 말을 잃었다.

무타와 샴도 오랫동안 일족을 이끌어 온 이들답게 뒤늦긴 했지만 같은 결론을 내리고 큰 충격을 받았다.

'그때 기회를 잡았어야 했을까?'

기반이 되는 고향과 가족이 있는 설인족과 달리 호인족의 경우 마신 테라르의 추종자들에게 일족이 모두 죽임을 당했다.

물론 이번에 마신 크렛의 지부를 공략하면서 마르앙 시티의 지분을 얻었기 때문에 소문을 듣고 자연스럽게 합류할 다른 호인족을 규합해서 새로운 일족을 열 계획이 나쁜 건 아니지만, 그러기 위해서는 돈을 포함한 재물과 시간이 필요하다.

그에 반해서 첫 만남에서 수하 정도가 아니라 가온의 권속이 되는 파격적인 결정을 내린 엘프족과 드워프족은, 가온의 호의 덕분에 참사에도 간신히 살아남은 일족들을 찾아내기까지 했다.

어느 곳에 자리를 잡았는지는 모르겠지만 엘프족과 드워프족은 이미 안정이 된 상태였다.

설인족의 샴은 몰라도 묘인족의 아가르타와 호인족의 무타는 고민이 많을 수밖에 없었다.

라친다 정보길드의 제의와 준비

세 사람이 고민을 하는 동안 또 다른 손님이 찾아왔다.

"마스터, 라친다 정보길드 베로트 지부장이 찾아왔어요."

소식을 알리러 들어온 단원은 마리였다.

"라친다 베로트 지부장이?"

"네. 살짝 물어보니까 우리 용병단과 긴밀하게 협의할 게 있다고 하네요."

생각해 보니 마리는 라친다 정보길드의 베로트 지부 사람들과 안면이 있었다. 그래서 만날 수 있었고.

"들어오시라고 해."

"네, 마스터. 캐멀, 다녀와. 전 차를 준비할게요."

머리가 영민하고 눈치가 빠른 마리는 자신이 알아서 할 일을 찾는 성격이었다.

시키지도 않았는데 다른 전사를 대신 보내고 차를 준비하
겠다고 하는 것을 본 가온이 고개를 끄덕였다.

"베로트 지부장이면 굉장한 거물인데, 무슨 일일까요?"

아가르타는 이해가 안 가는 모양이다.

"거물이라고?"

라친다가 아무리 거대한 대륙 중부에서 가장 강한 정보길
드라고 해도 지부장까지 거물 취급을 받을 줄은 몰랐다.

"대륙 중부에서 가장 큰 도시의 지부장이면 거물이죠. 마
수와 몬스터는 물론이고 마신의 광적인 추종자들이 들끓는
세상에서 정보만큼 가치가 높은 무기는 없으니까요. 상인들
은 물론 용병들에게도 엄청난 영향력을 가지고 있어요."

듣고 보니 그럴 수도 있었다. 비단 이런 세상이 아니더라
도 정보를 쥔 자는 아주 강력한 힘을 손에 넣은 것이나 다름
없었다.

그때 검은 로브를 걸친 사람이 전사 네 명의 호위를 받으
며 안으로 들어왔다.

가온이 자리에서 일어나 그들을 맞이하려고 할 때 마리가
먼저 나섰다.

"어멋! 길드장님, 오랜만이에요!"

"마리?"

검은 로브에 붙은 후드가 워낙 커서 코와 입밖에 보이지

않았던 상대가 마리를 알아보고 발을 멈추었다.

"여긴 어떻, 설마 아니테라 용병단에 들어간 거니?"

"네, 길드장님."

"그럼 다른 마을 사람들도 모두 아니테라 용병단에 합류한 거야?"

"네. 아주 운이 좋았어요."

"운이라……. 밖을 지키고 있는 돌레프 등의 경우도 놀랍지만 하반신이 마비되어 제대로 걷지도 못하던 네가 이 짧은 기간에 중급이 되었으니 운이라면 그야말로 천운이겠구나."

길드장은 내심 굉장히 놀란 상태였다.

밖에 있는 돌레프가 중급이 된 것을 확인하고 깜짝 놀랐는데, 마리 역시 중급이 되었으니 말이다.

당시 마리와 함께 치료를 받은 전사들은 물론 돌레프를 비롯한 다른 전사들도 실력이 일취월장한 상태였다.

차원석을 활용한 고효율의 마나 집적진과 소드마스터들의 교습 그리고 다양한 영약 덕분이기도 했지만, 강해지려는 그들의 열망이 그런 놀라운 결과를 만들었다.

"어서 오십시오. 아니테라 용병단의 온 훈입니다."

"만나 뵙게 되어 영광이에요. 라친다 정보길드의 베로트 지부장 아셈 치르다라고 해요."

그제야 얼굴 대부분을 가린 후드를 뒤로 넘긴 아셈은 30대 후반으로 보이는 평범한 외모에 마툰 차원에서는 보기

드문 안경을 쓰고 있었는데, 깊고 그윽한 눈이 아주 인상적
이었다.

'호오! 익스퍼트 상급이라.'

이지적인 이미지와 달리 굉장한 실력자였다.

"이분들과도 인사하십시오. 우리 용병단과 협력하고 있는
묘인족의 아가르타 족장, 호인족의 무타 족장, 설인족의 샴
대족장입니다."

가온의 소개에 아셈은 세 사람과도 인사를 나누었고 그사
이에 마리가 차를 끓여서 내왔다.

"언젠가는 라친다 정보길드의 수뇌부와 만나고 싶었는데
이렇게 만나네요."

가온은 맞은 편에 앉은 아셈이 찻물을 한 모금 마시는 것
을 보고 입을 열었다.

지난번에 트롬 용병단을 연결해 준 마란타 지부장과 아셈
은 같은 지부장이지만, 풍기는 기세로 보아 이쪽이 훨씬 더
강력한 힘과 영향력을 가진 것 같았다.

"알고 싶은 정보라도 있으신가 보네요?"

"마신의 주구들을 상대하고 있는데 당연히 고급 정보가
많이 필요하지요. 그나저나 오늘은 무슨 일로 방문하셨습
니까?"

필요한 정보는 많았지만 당장 필요한 건 없었다.

먼저 길드에 들렀을 때 구입한 정보도 아직 다 써먹지 못

했기 때문이다.

"아주 괜찮은 거래를 할 수 있을 것 같아서 직접 찾아왔어
요."

"거래요?"

"네. 기존 세력들도 그렇지만 특히 이계인들이 온 단장에
대한 정보를 고가에 구입하고 있어요. 최근에 자신들의 차
원 의뢰를 빠르게 완수하려면 아니테라 용병단의 강력한 힘
이 반드시 필요하다는 얘기가 이계인들 사이에 돌고 있다고
해요."

이계인이 탄 차원 출신만 있는 건 아니라는 사실은 최근
알게 되었다.

"그런데요?"

"저희가 중개를 할게요."

"귀측이 중개한다고요?"

"네. 중개 수수료는 두둑하게 챙길 생각이지만 그 이상으
로 아니테라 용병단도 챙겨 드릴 자신이 있어요."

중개 업체가 끼면 보상이 커지는 건 당연한 일이다. 지구
의 스포츠 업계만 해도 에이전트가 생기면서 계약의 규모가
천문학적으로 커졌으니 말이다.

"지금 현재로도 저희가 보유한 마신전에 대한 정보는 충분
하다고 자신하지만, 일단 중개를 맡게 되면 더 많은 정보를
수집해서 편하게 움직일 수 있도록 보조하겠어요."

처음 제의를 들었을 때는 기분이 좋지 않았다.

알아서 찾아오는 구매자들은 물론 자신까지 후려치려는 의도에서 꺼낸 제의라고 생각했기 때문이다.

'마신전에 대한 실시간 정보는 꼭 필요해!'

어차피 자신의 의뢰를 완수하려면 마툰 차원에 진출한 모든 마신전을 말살해야 한다. 그러니 시시각각 변하는 정보가 꼭 필요했다.

오래 고민할 필요가 없었다.

"좋습니다."

"역시 화통하시네요."

"대신 조건이 하나 있습니다."

"뭐든 말씀만 하세요."

"의뢰에 대한 대가는 돈이 아니라 귀한 아이템이나 마법서 혹은 스킬북으로 받을 생각입니다. 참고로 마신 라케움과 관련한 의뢰에서는 전설급 아이템 세 점을 받았습니다."

마툰 차원의 돈은 설인족만 챙겨 줄 수 있으면 되는데, 황금은 물론 마나석, 마정석 등 환금성 재화는 넉넉하다.

"그건 저도 들었어요. 고객들에게 단장님이 만족할 수 있는 보물을 준비하라고 주지시킬게요."

"그리고 계약을 한다고 해도 바로 움직일 수는 없습니다. 대략 한 달 후에나 새로운 의뢰를 위해서 움직일 수 있습니다."

가온은 포탈에 대한 얘기를 하려고 하다가 일단 멈추었다.

"마란타 지부의 테임 지부장으로부터 현재 맡으신 의뢰가 있다는 얘기를 들었어요."

"그렇습니다. 이제 본격적으로 움직일 생각입니다."

차원을 건너온 머스탱 황자가 이끄는 트롬 용병단도 정비를 끝냈을 테니 바로 움직일 생각이다.

"한 달 안에 크렛 마신전을 정리할 수 있다고 자신하시는군요."

"그렇습니다."

"일전에 라케움 마신전을 상대로 신출귀몰하게 활약하신 것을 보면 믿을 수 있겠네요. 계약한 기념으로 선물을 드리려고 해요."

"선물요?"

"네. 마신 크렛의 사제들이 색안, 색음, 색향 능력을 사용할 수 있다는 건 알고 계실 테고, 당연히 그에 대한 대응 방안도 있겠지만, 순결의 신인 라트할님의 성물이라면 큰 도움이 될 거예요."

그러면서 내놓은 물건은 세 가지였다.

"이 신상을 담근 물을 마시면 색안에도 색심이 일지 않아요. 이 작은 종에 신성력을 담아서 흔들면 눈이 닿는 범위에서 울리는 색음이 귀를 범할 수 없으며 이 향을 피워 냄새를 맡으면 색향이 악취로 느껴질 거예요."

말 그대로의 효과가 있다면 정말 성물(聖物)이라고 부를 법

했다. 이미 다른 대안을 손에 넣었지만 이런 성물을 한동안 소지할 기회를 놓치고 싶지는 않았다.

"이런 귀한 성물을 어떻게 구하셨습니까?"

"크렛 마신전을 상대하기로 했다는 온 단장과의 계약을 위해서 빌렸어요. 6개월 후에는 반환해야 해요."

아셈은 마란타 지부장인 테임과 달리 제대로 거래할 줄 알았다.

'이렇게 꼭 필요한 선물까지 준비했으니 어찌 거래를 거부할까.'

사실 이 성물들이 없어도 의뢰를 완수하는 건 어려울 것 같지 않지만 있다면 시간이 크게 줄일 수 있었다.

'이렇게 되면 한 번에 세 곳을 동시에 공략할 수 있어!'

신성력을 사용할 수 있는 아나샤와 자신이 한 곳씩을 맡고 이 성물들을 가진 다른 사제가 한 곳을 더 지원할 수 있게 되는 것이다.

'아! 정심환도 있어!'

바통 시티를 공략했으니 이제 남은 크렛 마신전은 50개.

무리해서 전력을 운용하면 한 달 안에 충분히 목표를 달성할 수 있었다.

"그리고 이것은 크렛 마신전에 관한 정보를 총괄하기로 한 저희 길드의 담당자와 연락할 수 있는 통신기예요. 총신전을 포함해서 남은 신전 지부를 실시간으로 감시하고 정보를 수집해서 특이 사항이 발생하면 곧바로 단장님께 전해 드릴 거예요."

"잘 쓰겠습니다."

트롬 용병단과 아니테라 용병단을 연결해 준 사람은 아셈이 아니라 테임이었음에도 불구하고 이렇게 적극적으로 나오는 것을 보면, 앞으로 아니테라 용병단과 관련된 건은 그녀가 맡을 것 같았다.

"그리고 원하신다면 용병을 더 구해 줄 수 있어요."

"용병을요?"

"네. 마신전이 이 땅에 자리를 잡은 후 최초로 한 마신전을 통째로 말살한 아니테라 용병단의 명성이 높아져서 꼭 보수가 아니더라도 함께 성전을 치르겠다는 이들이 꽤 많거든요. 유랑하는 사제들도 꽤 있고요. 다만 실력자들은 많지 않아서 큰 도움은 되지 않을 거예요."

사제들은 물론이고 용병들도 마신전과 싸우는 상황을 성전이라고 생각했다.

이 땅에 자리를 잡고 사는 사람들은 대부분 종교가 있고 독실한 편이었다.

강자들이야 소속이 있거나 따로 획책하는 바가 있으니 바람이 불어도 쉬이 흔들리지 않을 것이다.

아셈은 말이 나온 김에 무보수라도 성전에 참가하겠다는 의사를 밝힌 수많은 용병들에 대한 얘기를 꺼냈지만, 막강한 소수 정예 세력인 아니테라 용병단을 생각하면 받아들이지 않을 거라고 생각했다.

아셈의 뜻하지 않은 말을 들은 가온은 벼리에게 잠시 조언을 구한 후 고개를 끄덕였다.

"좋습니다. 그런 의사를 가진 용병들을 이곳으로 보내 주십시오. 대신 자격은 소드 유저 상급 정도면 됩니다."

"익스퍼트가 아니면 성전에 큰 도움이 되지 않을 텐데요."

도움이 되기는커녕 오히려 작전에 방해가 될 수도 있었다.

아무리 아니테라 용병단에 성녀와 성자급의 사제가 있고 자신이 성물 세 점을 선물했지만, 수가 너무 많아지면 효과가 떨어지는 법이다.

"도움이 됩니다. 그리고 유랑 사제들도 모아 주십시오. 큰 힘이 될 겁니다. 아! 그리고 보수는 그들이 원하는 대로 지급할 수 있습니다. 식량 사정도 그리 나쁘지 않습니다."

"이해가 잘 안 가긴 하지만 단장님이 그렇게 말씀하시니 따를게요."

"대신 사흘 안에 도착할 수 있는 인원만 받겠습니다. 그리고 가급적이면 개인이 아니라 합을 맞추어 온 단체였으면 좋겠습니다."

"후자의 경우에는 문제가 없지만 사흘 안에 이곳에 도착할 수 있는 인원은 많지 않아요."

"텔레포트 마법진 가동에 필요한 마나석이나 마정석을 충분히 드리겠습니다."

바통 시티에도 텔레포트 마법진이 있었다.

시청 지하에 있는데 마신 크렛의 추종자들도 이용했기에 망가뜨리지 않은 것이다.

텔레포트 마법진을 활용하기 힘든 이유는 바로 마나석이나 마정석 때문이다.

초장거리나 꼭 필요한 경우가 아니라면 수십 명을 공간 이동을 시키는 데 너무 큰 자금이 들어가는 것이다.

물론 공간 이동을 해야 할 대상자가 강자들이라면 돈이 들어가더라도 아깝지 않지만, 소드 유저 상급 정도의 용병들을 대상으로 텔레포트 마법진을 가동하는 건 상식적으로 가성비가 크게 떨어지는 일이었다.

"그렇다면 문제가 없지요."

아셈은 가온의 생각을 짐작할 수 없었지만 그가 원하는 건 모두 들어줄 생각이다.

'이자를 돕는 것이 우리 길드를 위한 것이기도 하지만 우리 차원을 정화하기 위한 위대한 일이야.'

라친다 정보길드의 베로트 지부장이기 이전에 순결의 신인 라트할의 신실한 딸인 아셈은, 지난 밤에 꿈속에서 만난 여신이 한 당부를 떠올리곤 어떻게 해서든 가온을 돕겠다고 결심했다.

사흘이 지났다.

라친다 정보길드의 아셈은 약속을 지켰다. 총 1천 명에 달하는 소드 유저 상급의 용병들을 보낸 것이다.

마리를 비롯한 베로트 외성 마을 출신의 단원들이 모두 나서서 그들과의 계약을 마무리했는데 보수의 절반은 식량으로 달라는 조건이 가장 많았다.

그렇게 용병들과의 계약이 마무리되자 가온은 그들과 자신의 세력을 데리고 협곡 아래로 내려왔다.

절벽 중턱에 있는 던전 동굴부터 바닥까지 연결되는 길은 카우마에게 부탁했는데 한 번 해 봤다고 금방 길을 뚫었다.

너비가 100미터가 넘는 협곡 바닥은 우기에는 강으로 변하지만, 지금은 건기여서 작은 물줄기를 빼고는 바위들이 널린 평지라고 할 수 있었다.

"왜 굳이 이곳으로 내려왔나요?"

내려오는 동안 몇 번 눈치를 보다가 포기했던 아가르타가 협곡 아래로 내려오자 물었다.

"같이 안 내려와도 된다고 말한 것 같은데요."

"에이! 어떻게 그래요, 명색이 아니테라 용병단과 동맹인데."

아가르타의 말에 무타와 샴이 고개를 끄덕였다.

눈치를 보던 트롬 용병단의 머스탱 황자도 슬며시 고개를 끄덕였다.

"기가스 훈련을 하려고 합니다."

"기가스요?"

처음 듣는 단어에 아가르타의 눈이 동그랗게 변했는데, 인간과 달리 동공이 세로였고 비취색이었다.

"우리와 협력 관계에 있는 드워프 일족이 만든 외골격 전투 슈트라고 생각하면 될 겁니다."

가온은 단원들로 하여금 기가스를 소환하도록 했다.

화라랏!

체고 4미터에 마치 스켈레톤처럼 합금으로 만든 외골격을 가진 기가스들이 차례로 소환되자, 수인족 잔사들과 용병 연합의 용병들은 물론 이번에 새로 계약한 1천여 명의 용병들이 깜짝 놀랐다.

지금 소환한 기가스는 아니테라에서 생산한 것이 아니라 다크드워프족이 만든 것이다.

원래 구동원은 영석이지만 아니테라의 장인들이 마정석으로 구동하도록 바꾸었다.

가온은 마나를 담아서 기가스에 대해서 간단하게 설명을 한 후 단원들에게 기동 시범을 보이도록 했다.

본신의 네 배에 달하는 근력과 힘 그리고 민첩성을 발휘할 수 있는 기가스가 기동하는 모습을 본 사람들은 한동안 말을 잃을 정도로 경악했다.

협곡 바닥에 널려 있던 수많은 바위들이 주먹질과 발길질에 산산조각이 나고, 마나가 주입된 검에 쉽게 절단되는 모습을 보는 사람들의 얼굴이 금세 벌겋게 달아올랐다. 보기만 해도 고양감에 휩싸였다.

기가스는 비록 검기를 사용하는 건 아니지만 익스퍼트급의 힘과 움직임을 구사할 수 있었다.

그렇게 기가스가 기동하는 모습을 보여 준 후 가온이 입을 열었다.

"우리 아니테라 용병단에서는 계약 기간 동안 용병들에게 기가스 1기씩을 지급할 것이다. 그대들을 이곳으로 데리고 내려온 이유는 기동 훈련 때문이다. 기동 훈련만 제대로 받으면 여러분은 몇 시간 정도는 한두 단계 위의 실력자와 대등하게 싸울 수 있게 될 것이다."

"정말 저희에게도 기가스를 주신다는 말입니까?"

"주는 것이 아니라 대여해 주는 것이다. 구입하고 싶은 사람은 10만 골드에 해당하는 마나석이나 마정석을 내면 된다. 참고로 주인 인식 마법과 추적 마법이 걸려 있어서 따로 챙기려고 했다가는 죽임을 당할 것이니 욕심을 내지 말도록 해!"

안전하게 채광할 수 있는 금광산이 별로 없는 마툰 차원의 10만 골드는 기가스와 타이탄의 고향인 아이테르 차원에서의 20만 골드와 비슷한 가치를 가지고 있었다.

가온의 말을 들은 사람들은 어마어마한 가격에 기함을 했지만, 이내 표정이 달라졌다.

'구입하지 못할 금액은 아니야!'

아니테라 용병단과 계약한 용병 대부분은 오러 유저 상급이다.

익스퍼트로의 꿈을 어느 정도 접은 용병들에게 본신의 서너 배에 달하는 강력한 능력을 사용할 수 있다는 건 익스퍼트가 되는 것이나 다름없었다.

보수야 식량이 포함되었기 때문에 많지는 않지만 아니테라 용병단은 마신전을 상대할 때 획득한 전리품의 3할을 약속했다.

'재수만 좋으면 충분히 구입할 수 있어!'

비슷한 결론에 도달한 용병들의 눈이 활활 불타올랐다.

가온이 기가스가 봉인된 카드를 용병들에게 나눠 주자 단원 한 명이 두세 명을 맡아서 기가스의 소환부터 기동 훈련을 교습하기 시작했다.

하지만 익스퍼트이거나 이제 막 벽을 무너뜨린 73명은 헤벨을 비롯한 대전사장들과 따로 자리를 가졌다.

그들은 기가스가 아니라 알파급 타이탄의 임시 주인이 되어야만 했다.

가온은 기가스뿐만이 아니라 알파급 타이탄까지는 이 세계에 개방할 생각이었다.

그렇게 협곡 바닥의 넓은 구간에서 금속 거인들의 기동 훈련이 시작되었을 때 아니테라 용병단의 네 협력자들이 가온에게 달라붙었다.

"세상에! 이런 대단한 무기가 있었으니 아니테라 용병단이 그렇게 엄청난 속도로 마신 라케움의 추종자들을 무너뜨렸군요!"

"우리에게도 기가스를 지급해 주십시오!"

"정말 엄청난 무기인 것 같습니다. 소드 유저 상급 실력자를 잠시 동안이지만 익스퍼트 실력자로 만들다니!"

"저쪽으로 멀리 가고 있는 용병들은 익스퍼트로 보이는데, 그들이 따로 타는 다른 기종의 기가스가 있는 겁니까?"

"한 분씩 말씀하세요."

동시에 여러 명이 떠드니 정신이 하나도 없다.

"아까도 말했지만 기가스는 우리와 밀접한 관계에 있는 한 드워프 일족이 개발한 전투 보조 아머입니다. 하급 마나석이나 마정석 열 개로 이틀 정도 기동할 수 있으며 동화율은 대략 85% 수준이고, 본신 대비 서너 배에 달하는 능력을 발휘하게 해 주지요. 마나가 주입된 무기는 검기에 갈음할 수 있을 정도입니다. 그리고 여러분 중에서도 소드 유저 상급 실력자가 있다면 당연히 기가스를 대여해 줄 생각이지만 대상이 거의 없습니다."

마신 테라르의 분혼을 위한 제물로 잡혔던 세 수인족 전사들은 최소한이 익스퍼트여서 아예 해당 사항이 없었고, 트롬 용병단이나 세 용병대도 대부분 익스퍼트 실력자들만 영입한 상태였다.

"더 높은 등급의 기가스도 있는 거죠?"

"물론입니다. 체고 5.5미터에 중급 마정석 열 개로 기동하며 마나 증폭율이 대략 340% 정도인데, 알파급 타이탄이라고 부릅니다."

마나를 3.4배나 증폭시켜 준다는 가온의 말에 네 사람은 깜짝 놀랐다.

그 얘기는 단시간 동안이지만 본신의 3배를 상회하는 전투력을 발휘할 수 있다는 의미였기 때문이다.

"하지만 기가스급 타이탄과 달리 알파급은 시제품만 나온 상태입니다. 동화율도 50% 정도에 불과하고요. 그래서 당장 대여해 줄 수는 없습니다. 기동 훈련의 결과를 참고해서 개량해야 합니다."

재고는 충분했지만 기가스를 공개하는 것만으로도 이 세상에 엄청난 충격을 주고 큰 변화가 일어날 것을 생각하면, 알파급 타이탄을 동시에 공개하는 건 시기상조였다. 물론 현재 동맹군의 전력은 충분하기도 했고.

"아! 안타깝네요. 전사들이 알파급 타이탄을 탄다면 마신전 놈들을 단숨에 쓸어버릴 수 있을 텐데……."

동화율이 50%에 불과하다는 말과 아직 시제품만 나온 상태라는 가온의 말에 아가르타뿐만이 아니라 다른 세 사람도 무척 안타까워했다.

"다행한 건 사소한 오류만 수정하면 되기 때문에 그리 오랜 시간이 걸리지는 않을 겁니다. 본격적으로 생산이 되면 여러분에게 가장 먼저 대여하겠다고 약속하겠습니다."

"감사합니다! 그런데 실례지만 판매 가격은 어느 정도로 생각하고 계십니까?"

"알파급 타이탄에 들어가는 마법진의 숫자나 수준, 그리고 합금의 가치 등을 생각하면 최소한 30만 골드는 받아야 하지 않을까 싶습니다."

"이른 얘기지만 생산이 개시되면 10기를 우선적으로 구입하겠습니다."

원래 탄 차원에서 챙겨 온 황금이 풍부한 머스탱 황자였다.

"그렇게 하지요."

"그럼 저희도 10기, 아니 30기를 예약할게요."

"저희도 30기를 예약하겠습니다."

아가르타와 무타도 그동안 벌어들인 자금은 물론 마르앙 시티의 지분까지 판매할 생각으로 하면서 예약을 했다.

"혹시 우리 일족도 알파급 타이탄에 탑승할 수 있습니까?"

설인족은 체고가 평균 3미터에 육박하는 거구들이다. 그러니 당연히 이런 의구심이 들 수밖에 없었다.

"설인족은 좀 어려울 것 같습니다. 알파급 개발이 끝나면 체고 7미터 이상의 베타급을 개발할 예정인데, 그 정도는 되어야 설인족분들이 탑승할 수 있을 겁니다."

"그렇군요."

샴이 씁쓸하게 웃으며 뒤로 물러났다.

그렇게 타이탄 문제가 어느 정도 정리가 되자 가온은 사람들과 멀리 떨어진 곳으로 이동했다.

'고대 타이탄을 확인해 봐야겠어.'

가온은 다크드워프족이 아이테르 차원의 고대 유적지에서 얻었다는 세 타이탄이 봉인된 카드를 꺼냈다.

"소환!"

차례로 소환된 세 기의 타이탄은 아틀라스와 황비 타이탄의 판박이였다.

가온은 아틀라스와 소통을 할 때처럼 황제 타이탄에 정령력을 주입하기 시작했고 얼마 후 타이탄의 에고가 의념을 보냈다.

─그대가 나와 계약할 당대의 황제인가?

'아니다. 난 온 훈이라고 한다.'

가온은 이제 막 정신을 차린 황제 전용 타이탄에게 자신이 타이탄들을 어떻게 획득했는지에 대해서 차분하게 설명을 해 주었다.

이제 막 깨어난 상태라서 사정을 충분히 설명해 줘야만 했다.

─사정은 알겠다. 정령력은 그대가 주입한 건가?

'그렇다.'

─내 영혼이 소멸되기 전에 깨워 주었고 이렇게 순수한 정령력을 보유했으니, 내 주인이 될 자격은 충분하다. 나와 영혼의 계약을 하겠는가?

'그래. 너에게 에제온이라는 이름을 주지.'

에제온은 팔이 100개인 고대의 거인 이름이다.

─에제온! 이름이 마음에 든다, 주인.

그 순간 아틀라스와 계약을 할 때처럼 영혼의 파장이 섞이는 생생한 감각을 느낄 수 있었다.

계약을 마친 후 에제온에게 물어보니 외형도 그렇지만 가진 능력도 아틀라스와 비슷했다.

즉, 가온이 탑승한 상태에서 기동해도 되고 그게 여의치 않을 때는 독자 기동도 가능했다.

가온은 에제온에 이어서 두 황비 타이탄에도 차례로 정령력을 주입해서 금속 정령을 깨웠고 금방 주인을 찾아서 계약을 주선하겠다고 알려 주었다.

'이제 더 이상 고민할 필요가 없어.'

히든랭커

가온은 그 자리에서 바로 시르네아, 예하, 헤르나인을 소환했다. 그리고 세 사람에게 황비 타이탄과의 계약을 주선했다.

"모둔 언니에게 듣기는 했는데 정말 멋져요!"

자신처럼 유난히 풍만한 몸매를 가진 타이탄을 선택한 예하가 가장 좋아했다.

거대화 스킬을 가지고 있어서 후보군에서 배제하려고 했는데 다행이라는 생각이 들 정도였다.

그녀와 달리 시르네아와 헤르나인은 좋기는 한데 드러내고 기뻐하지 못했다.

황비 타이탄이 가지는 의미를 모둔을 통해서 들었기 때문에 왠지 얼굴이 벌겋게 달아오르고 몸과 마음이 붕 뜨는 것 같았기 때문이다.

"타이탄의 격이 아주 높아서 제대로 기동하려면 꽤 많은 노력을 기울여야 할 거야."

"호호호. 걱정하지 마세요!"

가온은 이곳에서 기동 훈련을 했다가는 남들 눈에 띌 것 같아서 아니테라로 돌아가서 훈련하라고 보냈다.

'1기는 남겨 두자.'

종족별 균형을 생각하면 드워프족의 마멜에게 주어야 하는데 그녀는 아직 아니테라에 제대로 적응하지도 못한 상태였다.

그렇게 입실론급 고대 타이탄의 배정까지 마친 가온은 나흘 동안 용병들을 맹훈련시켰다.

굉장히 강도가 높은 훈련이라서 기가스에서 내린 직후 토하고 기절하는 용병들이 부지기수였지만, 그래도 포기하는 이는 없었다.

기가스가 얼마나 대단한 능력을 주는지 기동하면 할수록 더 깊이 깨달을 수 있었기 때문이다.

그렇게 기동 훈련을 어느 정도 마무리하자 가온은 곧바로 움직이기로 했다.

'정신을 차리지 못할 정도로 빠르게 말살해야 해!'

마신 크렛의 분혼이야 이미 해치웠지만, 지난번에 라케움 마신전을 공략할 때처럼 놈들이 몇 개 지부 전력을 한곳에 모으면 상대하기가 쉽지 않을 것이다.

다음 권으로 이어집니다